余林 著

# 那一年真冷

## 余林中短篇小说集

作家出版社

# 目 录

# 老虎的眼睛

老虎不是东北虎，也不是华南虎。老虎是我儿时的玩伴，也是我小学的同班同学。在我最初的记忆里，老虎那双眼睛，清澈澈的、水汪汪的，温顺得很，也羞涩得很，像个女孩子一样。在乡下，胆小温顺的男孩子是被人认为没有出息的。也许正是他长了这双眼睛，他爹才给他起了老虎这个小名。

现在回想起来，他爹其实也是个很老实的乡下男人，整天佝偻着腰，瘦瘦的，木讷得像根木桩，一天到晚也听不到他能说几句话。虽然，那时农村都很穷，但我还是感觉老虎家似乎更贫寒些，好像也就两床被子，而且补得花红柳绿的。他娘得一种肺气病，一入冬就不能出门干活了，整日依偎在堂屋东门框边半眯着眼晒太阳，更多的时候是躺在床上，长一声短一声不停地咳着。村里孩子很少有人到老虎家来玩，都说他娘那病传染人，孩子们也害怕，谁受得了那整日咳嗽的怪病呢。可我算是来他家最多的，因为我母亲在村西头的小学里教书，我是随母亲住在学校里的，并不算村里的孩子，母亲有时也管我，

1

但我与老虎是好朋友，总是偷偷地来。每当我来他家玩时，老虎眼里那汪水就泛起了光，我看得真真切切的。

老虎的娘和他爹也都很喜欢我，从他们的眼里我能看出来的，尽管那时我也就七八岁。老虎家养了一只小狗，那只小狗见到我异常热情，眼里也是放光。那年冬天，我的一只脚趾头冻伤了，总喜欢到他家让这只小狗在阳光下嗫我的那个冻硬的趾头。小狗的嘴是温热的，薄薄的舌头柔软得像棉花团一样，嗫得痒痒的，魂都像飞起来一样。它嗫呀嗫呀，是那么投入，拧着尾巴，连尾巴上的劲都用上了。我总是一边和老虎说话，一边任其嗫着，只要不喊它停下，它就一直嗫下去，仿佛我那个冻坏了的趾头是块能挡饱的肉。

那是个连人带狗都吃山芋的困难年代，它长得又瘦又小，用当今的话说骨感很强。有一天，老虎爹唤着狗，喊上老虎和我，扛着抓钩，一步三颠地往庄后他家的自留地走去。我和老虎好奇而悠闲地跟在他爹和小狗后面，不知道他要去干什么。到了他家的自留地中间，明显地感觉寒风还是有些刺骨的。老虎的爹停了下来，一句话也不说，就抡起抓钩刨坑。老虎问了一声，刨坑干吗？他爹并没有理他。小狗也十分好奇地依偎在他爹的腿边，似乎也想问一问到底为什么要刨这个坑呢。

不大一会儿，一个二尺多深的坑就刨好了。这时，只见老虎他爹，冷不防地照着小狗的头砸去。小狗抽搐着，黑白相间的眼珠清晰可见，猩红的舌头露出在外面。抓钩再次落下，三根磨得锃亮的钩尖把小狗拉入坑中，迅速掩埋。

"你这是干啥?"我惊呆了。

"这狗长不成了,四秃子家明天给个小狼狗,刚生下就比它大!这狗吃了我家几十盆山芋,还得让它肥自家田呐!"老虎他爹满是牛皮癣的脸顿时变得那么凶残,腮帮子使劲鼓捣着。

老虎突然捂着脸,惊叫一声,跑开了。我也不敢再看,背过脸,泪如泉涌。

多少年后,我不经意走到那小狗遇难处,目光不敢凝视那个地方,那个寒风袭来的寂寥的田野,小狗最后的绝望的目光、簌簌的舌头,我的心和脚趾都会刺心的疼。现在回想起来,也就是从这件事后,老虎明显地变了。他变得不再说什么话,像他爹一样整天也不多说一句话,眼睛有些呆滞,还常常惊恐地转动,一动一动地怪吓人的。两年后,我的母亲就调到集镇上的中学教书了,我也离开了这个村小学,从此就与老虎分开了。

我们经历的那个年代,许多事是不按人们的正常思维发展的。我在镇上读完初中,学校就开始不上课了。虽然后来又进了县城的高中,但终究还是没有上完,就又被下放到了农村。再后来,又被招进了县化肥厂当了工人。这中间,我一直没有再见过老虎,但他那双眼睛却时不时在我面前出现,尤其是他爹砸死小狗的那一瞬间,老虎惊恐的眼睛常常出现在我的眼前。老虎现在怎么样了呢?我曾试着打听过几次,但都没有确切的消息。

很快到了一九七六年。那是一个多事的年头,我感觉自己像被什么东西牵着一样，忽而东忽而西，很快就过去了两三年。后来，我被抽调到了工业局，之后又脱产学习两年，回来就到县政府工作，从此就走了行政岗位。那些年确实感觉有许多事要做，整天忙忙碌碌而且心情也快活得很。这期间竟几乎没有再想起过老虎，也许想起过几次，但我是记不得了。

再次见到老虎时，却是始料不及的，事先一点征兆也没有。那年，我已是乡镇企业局局长了。那是小麦抽穗的时候吧，我们到山东济宁学习物流建设。这次学习是市长参观了那里的物流后给县长讲的，还说那里有一个我们县的乐老板做得不小，要我们争取引回来，让他凤还巢，返乡创业。我们出发时，局里的办公室主任小鲍说，那里的乐老板听说家乡人去考察高兴得很，提前做了准备，说是当天晚上要吃全驴宴，喝山东孔府家，晚上要听豫剧《打金枝》，宵夜后住那里最高档的星级酒店。

车子一路行驶，我一直在推测着这个乐老板是个什么样的人，怎么会在济宁发展得那么好。小鲍见我好像有心思，就问我在想什么。小鲍因为提前与乐老板那边联系过，应该知道得多一些，我就问他这个乐老板的情况。小鲍显然也了解不深，只是听县委办的秘书说了一些。他说，听说这个乐老板也没啥文化，就是胆子大，多年前就闯到青岛码头做装卸工，后来因为胆大敢打竟控制了码头装卸的活儿，再后来就发财了呗。但如何又在济宁做起物流的却并不了解。知道了这些，我心里就有不少失望，说到底就是一个码头混混，说不定还有黑社会性质，这种人的企业也好不到哪里去，一般人也是没法学习的。

天黑下来的时候，我们才到济宁地界。乐老板的轿车果真在高速路的路口等着。我们的车子停下来，下了车，这个乐老板就迎了上来。小鲍刚开口介绍，我就突然一惊：这人怎么像我那个小时候的玩伴老虎！

乐老板看到我，显然也吃了一惊，我们两个人都愣在了那里，伸出的右手也都停在了空中。

"你？你是余森林！"他先开口了。

"啊，你是乐老虎吗？"我也大声地问道。

老虎张开双臂向我扑来，抱住我后，大笑着说："啊，真是你啊！"

"你，你怎么改名了？"我一边拍着他厚厚的背，一边问。

"老虎多难听啊，我改成乐寅了！"老虎把我抱得更紧了。

老虎姓乐，上学的名字与小名老虎连根倒，叫乐虎。肯定是现在出息了，嫌虎土气，就改成寅了。

老虎非拉我坐上他的越野车，走在前面。车子很快进了城郊一个工业园区的深处，若明若暗地走了几条曲线，像是在一个湖面上，"至尊驴圣"的霓虹大字映得光怪陆离、十分夸张。车子停下来，老虎像是来到自己的家庭农庄，如数家珍，拉我到竹园子尿一泡，又到了驴棚子，指指点点，什么品种、滋补价值、八大味如何拌料，如何制阿胶，若干年前的一位南下老县长如何每日驴肉不离嘴，如何搞几个上海下放女知青……

宴会开席没有多久，老虎显然就喝得有些多了。他喷着酒气，一嘴牙全露出，笑得如同驴叫似的说："以后嫂子骂我，你可要为我开脱啊！"

我不解，喝着茶，瞪着他。

老虎把头又扭回来了，两眼放光地先是大笑了一阵子，足足有三分钟，让人感到莫名其妙。

他又伸出手胡乱比画了几下，只不过笑声减弱了一些，甚至有些呜咽的感觉："哥啊，你说咱办事可是高效率？啊？就那一会儿工夫，相当于在南方开放城市打一炮的工夫，把你久久凝望的那个眉目传情的，用咱家乡话说，大眼睛双眼皮的小驴友收拾停当了。"

我没有听明白他大着舌头说出的话，就问："你说的是什么呀？"

老虎又瞪着眼说："他妈的，那个厨师真是利索，看那动作杀人也就是二三回合，雁过无痕！遗憾啊！后备厢太小了，只能保留它性感的身子，其他送给厨师了。你回去后，吃一个月的驴宴吧！"

"你是说又给我们杀了一头小驴？"我惊愕地两眼闪射万颗金星，脊椎骨抖动着，顿觉自己坐在那开膛破肚的小毛驴怀中！

这次考察基本是在酒醉的状态下进行的，就到他的那个"乐寅物流"停车场看了一圈，其他时间都被老虎要挟式地在一些景点转悠和喝酒了。用老虎的话说："啥物流公司，组织一些社会车辆，能控制着货源就行了！"从两天多的交流中，虽然老虎在我面前一直谦虚地说自己没有多少钱，但从他的做派和有些诡谲的眼睛里，我判断他是挣了不少钱的。也许这些钱路有些可疑，但他毕竟成功了。从县里几位作陪的领导话里，我相信自己的这个判断。

临别的时候，我郑重地给老虎谈了，要他回家乡发展。这是县长的交代，我必须尽自己最大的努力，尤其他又是我的发小，如果引不回去，真是不好向县长交代的。但从他支支吾吾的话语和躲闪的眼睛里，我感觉他不太可能会回家乡投资。我不明白他到底是为什么不想回去，就认真地继续给他谈。房间里就我们两个人，慢慢地，他说话也就没有了遮掩，用得意的眼睛看着我，小声说："这里的猪都被我喂熟了，也快喂肥了！"啊，我一下子明白了他的意思。

老虎早已不是我们小时候的老虎了，从他的眼睛里我看到了陌生和阴郁，他知道如何跟官场打交道了，他更知道企业与官场的规则与门道儿了。我还能再说什么呢？只能尽量地劝他，间或有几分吹嘘地说："你回家乡发展有我呢，你还不相信我的能力？"

老虎肯定在心里没把我的话当真，最多是半信半疑，但嘴里却发着誓说："你放心，我肯定会回家乡投资的！"

这次考察回来后，老虎偶尔给我打个电话。但我从他的电话可以判断，他多是喝酒后打过来的。并不谈公司的什么事，无非是让我有时间再去，或者在电话里回忆一些我们童年在一起的事儿。有一次，我们说着说着竟说到了他家那只小狗。刚说了几句，他便不再说话，话筒里传过来的是很粗的喘气声。停了一分多钟，他才又开口说，那件事改变了他，如果不是他爹当时砸死那条小狗，也许他不是今天这个样子。放下电话，我也陷入了沉思。老虎的爹和娘早就去世了，但老虎在谈到他爹时话里明显有一丝说不出来的情绪。我想，如果没有那件事，老虎可能依然是那个胆小的样子，他也就不可能从乡下走出去，成就今天的事业，是这条小狗的命改变了他。我不知道，老虎现在对那条小狗的遭遇是如何想的，几次想问他，甚至都张开了嘴，但还是没有说出来。

两年后的正月，老虎回来了。他给我带了不少东西，弄得我心里很不好意思，总觉得欠了他太多。出于这种感情，那天我请他吃饭的时候，我们都喝得很多，我几乎喝得不省人事了。在酒桌上，他要我答应他一件事，说是二月二那天他的"乐寅生物科技公司"剪彩，一定要让我代表家乡出席。当时，我是没法拒绝的，一是酒喝到了那个分上；再者，他说我是民营企业局长，我能去他很有面子。做企业的人哪个不要面子呢，面子有时就是资本就是金钱。我最终答应了下来。老虎显然十分高兴，我们又碰了三个大酒，结果两个人都醉得疯了一样地又说又唱。

虽然临近去的前两天我是犹豫过，但还是敌不过老虎一个接一个的电话，更何况是我自己亲口答应的事呢。我还是在二月初一那天出发了。

二月二，龙抬头。这是一个充满希望和梦想的好日子。

老虎陪我吃过早饭，就不停地打电话，显然是在落实十点剪彩的领导能否按时来。我就让他的办公室主任小刘陪我先到开发区他的"乐寅生物科技公司"旁边走一走。老虎严肃地对小刘说："你一定把余局长陪好了！别忘了剪彩的时间！"

我在小刘的陪同下，来到开发区。开发区入驻的企业并不多，几条刚修好不久的大路隔出一块块的方格。不少方格里还种着麦子。一块方格里的麦子正在褪去冬天的枯黄，地头上的荠荠菜、马齿苋、野薄荷、野油菜星星点点的绿得更扎眼。我不禁放慢了脚步，对路边的荠荠菜多看几眼。

这时，一对小夫妻拉着一头鹅黄颜色的小牛，向我们迎面走过来。离我们还有几米远的时候，女人大方地说："你们是到乐寅公司来检查的吧？听说乐寅公司今天开业要试机子。"这个地方的人面对干部或城里模样的人，总是主动给你打招呼，问此问彼，为你带路，颇具一种原始的质朴。

我没听明白她的话，就问："什么试机子？"

女人疑惑地看着我，又说："就是要宰一批牛，俺害怕，镇里当初鼓励俺养牛，俺就怕这个结果。"

我望着眼前这头小牛，皮毛鹅鹅黄黄的，俩眼珠子铜铃一样圆，腚垂上对应着两颗铜钱一样的痣，很是可爱。

男人见我有些专注地看着这头小牛，就开口说："俺这头小牛是去年七夕出生的，牛郎会织女的日子。出生时，小孩娘还掐一把鲜花栓在它的黄毛上。家里要不是急着用钱还信用社的款，俺才不会把它牵来呢！"

小刘抚摸着那小牛，惊奇着，"去年七月七出生？我女儿也是那天出生的呢。"

女人瞅了一眼小刘，心疼地说："镇长说啦，这乐寅公司还有个育肥期，吃的都是康师傅方便面做的料，可好呢！秋后还要选一些体形匀称的比美，听说出色的牛还要运到国家农展馆展览。恁也帮俺说说，俺这小牛还不到一岁呢，今天千万可别宰了！"

我还想再安慰面前这对小夫妻两句，小刘就谦恭地插话说："余局长，仪式马上就要开始了，我们往回返吧。"我看了一眼小刘，又看了一眼面前那头小黄牛，没再说什么就折了回去。

仪式现场锣鼓喧天，彩虹门和空飘气球把现场渲染得喜气热烈。仪式在女主持人的主持下正式开始。老虎先以董事长的名义介绍了公司的情况、创办的经过及各级领导的支持，虽然都是套话，他却讲得字正腔圆、有板有眼的。接着，是当地镇长的讲话，基本上就是报纸文件上的那些话，比如推进乡镇企业发展的力度大、效果好，上一年的大变化、大创新，大办乡镇企业尝到的甜头，新增的税收，新转移的农村剩余劳动力，有多少留守儿童得到了母爱。最后充满期待地讲了乐寅公司的前景，并要求新的一年再投两个亿，扩大到六条线等。

接下来，就是剪彩。剪彩开始后，奏乐、鞭炮把气氛推向高潮。

主持人宣布仪式结束，老虎就在前面带路，带领主席台上的我们向车间走去。刚走了几步，他就向跟在旁边的小刘说：
"你快去丽水饭店看看，活狗要现杀，驴要现杀，驴鞭一定要
清炖！"说罢，他不好意思地向身旁的副县长和我笑了一下。
副县长就笑着说："你个老乐啊，就喜欢这样生猛着吃，小心
这些畜生的报应！"

老虎大笑着说："我现在干的就是让畜生恨的事，一会儿
到了车间，你们可不要说我这人心有些狠啊！"大家就跟着笑。

第一站来到的是吊宰车间。这条吊宰线是本地的一名能工
巧匠偷偷参观了漯河肉联厂后制作的，据说比买成套设备要省
下二十万。进入充满铁锈味的车间，见当班工人的目光呆滞、
木讷。这时，一头小牛被传送带带到喷淋器下。水柱喷下来，
小黄牛不停地打着颤，但是却惊得声都没出，一对大眼珠流出
了泪水。我猛地一惊，这不正是刚才那头七月七出生的小黄牛
吗！这时，小黄牛在不均匀的水柱喷淋下，瞪大万分恐慌的眼
睛，随着它蹄下液压"舞台"的转动，我异常清晰地看到小黄
牛腔垂上两颗铜钱一样的痣……

我不忍再看，就把眼向右一瞥，便看到墙上署名乐寅写的
两句话：

千万头牛倒下去，
千百个人富起来。

老虎一边指着被喷淋的小牛，一边得意地说这是他发明的

快乐屠宰法，他要让小牛们悠闲地走进"天堂"。为此，他还成立了一个动物心理学会，自任会长，准备在长白山搞一次高规格的论坛，专门研究如何让这些牛们快乐地死去。这显然是他顺口说的。我觉得眼前老虎越来越陌生，经济的驱动怎么就把他变成了这个样子呢？

因为是开业仪式，老虎说让我们走一趟具有"核心竞争力"的屠宰通道。走在前面的副县长不停地点着头，后面的人也啧啧称赞，老虎表现得很兴奋，两眼放着光，俨然是很得意的。他又开始大声介绍道：我是动用了许多声光电的手段，请来名导演、名舞美、名作曲、名设计、名画家，设计的这条线呢，花了六十多万。说到这时，他就讨好地对副县长说："县长，你要可安排乡镇企业局多给我点儿项目补贴呀，我这是标准的科技投入！"副县长就郑重地点着头。

老虎见副县长首肯了，就更高兴了。他说："这是一条出国线，每年送出十八个月大的公牛五万头。十八个月的公牛，一个月不少一个月不多，这个年龄是肉质最美期。"

人群中不知是谁冒出一句伤感的话：哎呀，正当青春年少！

老虎并没在意这句话，而是接着说，你听这曼妙轻柔的曲子，这是邓丽君的《何日君再来》，小牛在明星的歌唱下走去，也该知足了。

接下来，前面便是叫五彩草原的流水线，车间被改造成圆顶形，灯光照出天穹、蓝天、白云、无际草原，音乐也变得更缠绵，里面间或夹杂类似阿訇们低沉的声音。老虎说，小牛们到这里，就经不住诱惑了，会义无反顾竞相往前走。这时，一台升降机把刚才那头小黄牛降了下来，降到刚露牛头时，一条切刀突然从旁边伸出来，猛地插进小牛的脖子里。

从吊宰车间出来，老虎就对身后的记者和随从说："下面去的车间，是公司的核心机密，请你们到钢化车间等着，这个车间只能让领导参观了！"这时，就有人劝着跟在后面的人。

当然，我是要随同而去的。总共也就七八个人，都是县里的领导。车间不大，但门是封闭的。门打开后，我被眼前的场面惊呆了。总共也就十来个铁架子，每个架子内都固定着一头湿漉漉的小牛，每头小牛前都有两位穿着白大褂的中年妇女，就像当年日本的731部队。这时，老虎介绍说，这些全是刚出生不到六小时的公牛犊，它们一口奶都不能吃，只有这样采出的血才能合乎标准。

我心里有些发紧，这是我从没听过也没见过的场景。再向前走，一个胖女工正开始对固定好的小牛动手。她熟练地给小牛颈部消毒，然后切开颈部，用力一拉，颈动脉就从颈部肌肉中暴露出来，把远离心的那端动脉用夹子夹上，灭菌导管插入另一动脉，鲜红的血便开始向无菌瓶内淌去。我的心收得越来越紧，被这残忍的场面弄得胃里痉挛着。

这时，老虎似乎更加兴奋。他说，这些血经过下一道分离程序就出血清了，血清就是我们常说的名药斯普林。副县长显然对这个药十分了解，就笑着说，"这药可提高免疫力，是白血病、癌症等恶性病的必用药呢！"老虎就讨好地说："还是县长见识多，是的是的！"

我再向刚才那头小牛看去时，小牛犊正惊恐地望着我，浑身也抖得不行了，慢慢地软了下来，头歪在了铁架子上。这时，老虎又说："唉，一头乳牛抽不出多少血。"

副县长看了一眼老虎，说："你小子还想赚多少啊？这胎牛肉、牛皮都是能卖高价钱的。"老虎就讨好地应着："那是，那是。这牛肉啊才大补呢！"副县长看着老虎又说："乐老板没少吃吧！"老虎笑着说："是的呢。你看我这身体，都是吃这东西补的。放心，我给各位都预备好了！"

这时，我突然觉得自己就要呕吐了，径直快步走出这个车间。车间外绿草茵茵，微风中几只麻雀从面前飞掠过去。我呕吐了几声，并没有吐出什么，就掏出一支烟点上，想用烟压压刚才的不适。吐了一口烟，我突然想到我们现在对动物的生命太残忍了，早先人们宰杀动物时还要祷告一番，这是人们对宰杀动物的不安和怜悯。而现在呢，人们对动物一点悲悯之心也没有了，为了需求和金钱竟可以对刚出生的生命都这般冷漠。人类是要遭动物报应的，动物们也正在以各种怪病报复着人啊。

老虎带着副县长等很快也出来了。他见我在抽烟，就笑着说："老同学啊，是不是觉得我残忍啊？可这些都是畜生，为了给人治病为了经济发展，我们也只能如此了。"我不知道说什么好，就又吐一口烟，没有接话。这时，老虎又说："最后一个车间了，走吧。"

副县长见我没有说话，就打趣道："看不出余局长也怀有悲悯之心呢！这个世界就是这样，弱肉强食。达尔文早有定论了。"我强笑了一下，就随他们向前走去。

钢化车间其实就是一个鸡蛋的孵化车间。一排排孵化床里放着正在孵化的鸡蛋。这有什么好看的呢？我正在纳闷时，老虎就随手拿起一个鸡蛋，往孵化床上一摔，一只血肉模糊的鸡仔露了出来。老虎望着这血肉模糊的鸡仔说："这何时停电是关键，早了就嫩，晚了就硬！这东西可是壮阳的好物件啊。"我心里突然想，老虎啊老虎，你怎么净做这样的事呢？都是把这些动物的生命扼杀在最初的阶段。这钢化车间简直就是鸡仔们的停尸房啊。

仪式结束后，我几乎就没有吃下去饭，但却喝了不少酒，当时胃里一直向上翻，只有酒到胃里才会舒服些。吃过饭，我就立即离开了。老虎带的乳牛肉和孵化蛋我一个也不要，都让随行的小鲍拿去分给了别人，我实在不能再见那些东西。

但从此以后，我就懒得再和老虎联系了。有时一想到他，就想到那头流着泪慢慢软下来的小牛和那血淋淋的鸡仔。人与人就是这样，有时一个人并没有恶意，可他偶尔做的一件事会让别人彻底改变对他的看法，以至影响交往和友谊。接下来的几年，老虎时不时给我打电话，也见过几次面，但我心里却没有了以前的感觉，甚至对他有了厌恶和说不出的反感。我知道这样做并没有道理，但我还是控制不了自己的感情，一想到他这个人就有一种想呕吐的感觉。

日子就这样流水一样过去。去年，我突然听说老虎得病了，说是疯牛病。这种病我想应该是与我见过的羊角风差不多，犯病时口吐白沫，不省人事，有时还哇哇怪叫。听到他得这病时，我立即想肯定是遭到了报应。其实，我这样想他是有些不够意思的。说真的，老虎也许并没有感觉到我对他的冷漠，相反他每次电话时都相当的热情。慢慢地，我对他的态度也有了些改变，我想也许是听说他得了病后思想才改变的。是不是觉得他得到了报应，自己就从心里开始原谅他了呢。我真说不清。

其实，虽然我心里有些原谅了老虎，但我并不打算见他。但有些事就是这样，你躲都躲不开。最终，在去年春天我又一次见到了老虎，这次见他是在九华山。我正好要路过那里，他的电话就打了过来，说是打听到我要走这里。我在电话里推脱了一会儿，但他几乎用恳求的语气说："我在这里拿了百十亩地，要建山泉酒体验区和开发房地产，老同学一定得来给我掌掌眼！"

还能再说什么呢，最终我答应了下来。

老虎在收费站道口等着我。下车后，我感觉他变了不少，已经看不出当年那乍富得意的影子了，人变得文雅了不少。我的心里多少舒服了一些，就在心里想，人是可以改变的，尤其这些做企业的，走过了原始积累后，至少表面上显得素质也在提升。

老虎一身名牌休闲装站在林肯车旁，右边是一个手捧鲜花年龄难辨的女人。上车后，车子向九华山脚行驶。夕阳余晖之下，远处的奇峰怪石在暮鼓木鱼声中煞是温馨。车子在九华山褶皱中寺院般的建筑里停了下来。

老虎沉稳地陪着我走进餐厅。餐厅里已经有五六个人在那里打着牌。见我们进来，都立即起身，热情地迎过来。老虎一一介绍了他们的身份，就让那个瘦瘦的副县长先落座，让我坐主宾的位置。我注意着老虎的一言一行，突然觉得他沉稳多了、成熟多了，心里便生出不少好感。

起菜了。几道凉菜后，接着上来的都是九华山的特产：炒黄精、石斑鱼、山鸡、野猪什么的。几杯酒下肚后，老虎就兴奋起来，话也多了，也没有了刚才的节制和小心。酒桌上的气氛也热闹起来。

老虎端起一杯酒，是要给我敬酒的。但他并没有立即敬，只是对对面那个女人说："来，我们一起敬咱哥一杯酒。你快点安排把大菜上来！"我心里一愣，立即就明白了，对面那个刚才给我献花的女人，应该是老虎刚找的老婆吧。女人端起酒杯走过来，我也不好意思地端起了酒杯。

这杯酒过后，一个戴着高高的白帽的厨师推着不锈钢的工作台走过来。老虎笑着对我说："哥，这活烤澳龙是正宗的西式做法。厨师长是澳洲留学回来的！"

这时，被叫作厨师长的小伙子介绍说：这澳洲小龙虾是速冻休眠之后，万里之遥空运辗转一天送来的，放在烧烤的铁板上，解冻后复活……

我望了一眼被涂上奶油的龙虾，见它有点不知所措，蜷缩着，扭动着，心里很不是个滋味。这个老虎啊，就是喜欢这种残忍的方式吃东西！心里的反感又突然生出来。

老虎觉察到我神情的变化，就又端起酒杯不好意思地说："哥，这没有啥的，这样吃才鲜呢！我再敬哥一杯！"

在我犹豫的当口，老虎已经把手里满满的一杯酒喝了下去。我看了一眼酒杯，不知是端好还是不端好。正在这时，老虎突然身子一歪，压着椅子倒了下去。我急忙站起来去扶，可他已倒在了地板上。

众人惊讶地站起来。只见老虎口吐白沫，两个眼球突然变得很大，竟凸出到眼眶外面像牛眼一样。接着，嘴里便发出低沉的哞哞叫声。

这时，我的脑海里突然出现了那头被采血的小牛：两眼惊恐地望着我，浑身也抖得不行，慢慢地软了下来……

原载于《当代》2014年第6期

# 黄月亮

　　东方绮丽真是成了中潘煤化工基地的义务舆情报告者，她的报告有时还兼有评论、思考、建议。但读者可能并不多，我判断这些内容基本上就是通过微信发给我，最多再有三两个，连朋友圈也不会都读到。她很少要电话，要电话的时候可能就是有些焦躁、激愤和不安了。她说要电话怕我不接，有时接了也是马上挂掉，说晚一会儿回复，一等就是没影儿。这一次我及时地接了，我感觉到她的急切，急得呼吸的声音都能听到，她讲这一次真要劳你大驾了，那潘长水就是一个保安队长，越来越升级了，简直就成了咱煤化工基地的大拿了，什么事他都要管，什么事还都管得那么死，有没有人授权呀？山中无老虎，猴子称大王。这基地现在不死不活的，前天，县里新调来的国土局长在这里度周末，在咱宾馆吃饭，环顾了四周，感慨一句：城春草木深啊！然后回过头问我，你这工业废弃地，今年能复垦多少？让服务员都气哭了，没开始干呢，就要复垦了，这段日子大家能在这守着已难能可贵了。我们还都是本地人，天天接着家乡的地气还好些，那技术总监老胡，就是俺那第二任老公，事业没事业，乡愁见不到，日子真是一天天挨呀！

我忍不住了，这东方绮丽肯定是想为胡总监袒护点什么，袒护归袒护，但还是不要把他说成是"日子一天天挨"，他不是那种人。他家乡在大西北，这里的条件要比他家乡好多了，煤化工的很大投入是在地下，这地下已投下八个亿，技术活就是他管的，我看得清楚，干活他能三天三夜，睡觉他也能三天三夜。夏天摸知了，秋天逮野兔，冬天堆雪人，春天去钓鱼，在大排档喝啤酒，沿着河湖上纵横的阡陌骑赛车，甚至打烧饼、炸油条、粉蒸肉、理发、拔火罐、针灸等，他什么都有兴趣。有一天夜里十二点多敲我的门，要我起来，说我柜子里有高瓶古井贡酒，他逮到两只野鸡，我们到大排档，让人烧烧。他是那种随遇而安、见酒就喝、见活就干的人，特别是娶了东方绮丽，更是满足之情溢于言表。

"东方绮丽啊，我要插一下话，你要说什么，我都会洗耳恭听，千万别说人家胡向荣胡总监日子在挨，他指挥八个亿埋入地下——有事业！一年前，不对不对，形式上是一年前，实际上是两年前又得到了你，北方人说你是南方美女，南方人说你是北方佳丽，他还愿意走吗？"

"什么一年前、两年前的，老揭人家短，早知道就不把真实情况告诉你。说正题吧！就是这么回事，这煤化工项目不是又停顿了吗？六年了啊！现在董事长调回中石化了，总经理提拔到市档案局了，胡总监也无所事事，又近年关了，他也喜欢喝几盅，就天天跟着我老爹、他岳父卖淮镇牛肉汤、潘桥猪头肉。我的乖，这三个月来，让他这样一掺和，这淮镇牛肉汤、潘桥猪头肉，竟在咱这一带搞了二十多家分店，他还搞了个统一的品牌叫作'中潘煤化基地传统名吃大连锁'，生意好得不得了！我老爹再也不是当初那样不让他进门，高兴的时候与胡向荣胡总监喝酒直叫哥俩好！汇报到现在，还没说到正题，他和爹想租用基地办公楼一楼大厅做他们的总部，左边销售楼也想租下来。胡向荣的哥哥是享受国务院津贴的食品专家，他考察了这里，兴奋不已。这不，还正儿八经地向'兼着董事长'的保安队长潘长水汇报了，结果呢？我不说了，发给你一张照片看看吧！"那照片我是晚些时候才看到的，的确是对胡总监的栩栩如生的恶搞。

手机上连续走过字幕：中潘煤化工集团（基地），并间断地发出提示音，看号码是潘红丽的。

现在我最为关注的是中潘煤化工集团的消息，整整四年，我在那做管委会副主任兼办公室主任，那里的大荣我是感同了，那里的大衰我也身受了。在这个淮河汉子里，忽如其来飞进来一只金凤凰，一个三十多亿的煤化工项目落户在这里，中石化和这个煤电集团、地方政府合作的项目。开始的时候凝结了多少人的期望啊！传统产业的升级转型，加上二十家小煤矿因安全问题而关闭，这个地方的所有家当都放在中潘煤化工集团的筐子里了。这个"河湖港汊好战场"的地方，开进来施工队伍后，来了那么多中央、省、市领导，央企、省企、市企专家，中央各家商业银行、众多民营银行；之后，又是参观考察团，络绎不绝。一时没有路的地方开始规划农班车、市公交、城际铁路，作为转型升级、产城合一的典型，这个百余平方公里的水乡泽国引无数英雄竞光顾，由于阡陌纵横，一时带路竟成为一个产业。

退潮的缘起是新任省长到这里视察的一句话，这位省长是央企的一位老总调来的，他原来是循着淮河查看水源和环境保护，听说这里有这么大一个项目，坚决地过来了。例行看完展览馆里的企业成长纪录后，他硬是把八个项目部的各种资料全部看完，阅读六个小时资料，他竟没有出去尿一泡尿，只是向水利厅长要了十只烟。深夜时分他到室外挂了一个很长的电话，然后给兼管委会主任的潘副县长留下一句话，这个项目还要论证，便向着淮河的下游继续行进。

这以后，基地上就有许多说法，什么这位省长在央企的时候与中石化的头头有矛盾了，国际油价和煤炭巨幅下跌了，工业结构由单一调向更加单一了等。老百姓说得更是离谱，难产啊！这河汊子就像母性之腿，本来是产鱼鳖虾蟹的，怎么能产下如此庞然大物？

重量级人物又一个个调走了。那董事长是央企派的，据说要他去临时组建另一场会战，反正是走了。总经理、管委会主任是潘副县长，还兼着这河汊中五个乡镇集成的党工委书记，提拔到市里当能源局长了，说那是个正处的位子，保安队长潘长水是他从深圳消防队要来的。我这个管委会副主任兼办公室主任的最后一个月，百无聊赖之中与那么几个基层朋友走近了。我们的接待场所类似一个五星级宾馆，面朝淮河，碧波秀丽，两岸又郁郁葱葱，吃住玩一应俱全，甚至拥有自己的游艇，价格非常昂贵。

东方绮丽开始玩起了微电影，经常拉着宣传处的摄影机，开着游艇在淮河里营造落霞与孤鹜齐飞、秋水共长天一色的氛围，映衬她身材的亭亭玉立和晚霞烘托的秀发。在她的微电影上内网的晚上，她安排了一顿宴请，当然有服务员领班潘红丽、保安队长潘长水。大家都喝了许多酒，我还真不知道这两个美女酒量如此之大，倒是保安队长不胜酒力，吃过饭还去了歌舞厅。东方绮丽坐得离我很近，断断续续地说了许多让我惊讶的话：你知道唱完歌我要到哪里去住吗？就是胡向荣总监那里，待会儿你去送我吧！前年的一个夜里，我老公开车来接我，不知咋地把车开到了河里，发现的时候身体已经僵硬了。胡总监喜欢我，为了能留住他，我只能这样，孤独的日子难挨啊！再说那边的公务员也辞掉了，我也没什么出路了。你知道吗？潘长水的前妻，结婚才仨月，也是骑电瓶车不小心，一头扎倒在湿地的淤泥里，硬是活生生给闷死了！你知道吗？每年我们这河岔子里淹死、撞死不下十几人，工地上的数盏高灯往往给人造成错觉，蜿蜒的小道当成渠，反光的渠湖当成道，这地方的人还酷爱喝酒，这两年还流行喝六十度的！

那边的潘红丽连续唱了几首，已在打着手势叫东方绮丽了。泪水涟涟的东方绮丽用湿巾擦了一下，破涕为笑，站起来接过话筒。

我不能不回潘红丽的电话了，她述说的是东方绮丽的下一篇章。她说胡向荣总监找到潘长水，要求临时租用办公楼大厅做牛肉汤、猪头肉连锁总部，来时，还带了一兜子喷香的猪头肉。潘红丽说，她琢磨着这事就不妥，就直接搪塞说潘长水喝多了，我把这话转告他吧。胡向荣总监小心翼翼地再三重复，你给队长说清楚，临时用的，临时用的，一旦公司恢复了正常秩序，立即退出。哪知潘长水在里间连声答应三声好，还说了句，明天上午我给你帮人场。胡向荣于是就坡下驴地告辞了。没想到第二天早上潘长水组织了一百人的保安队，从早上六点开始，在厂区大道上跑，一二三四，一二三四，口令喊得震天价响，杀气腾腾！

当胡向荣和他岳父一行人马带着喷绘横标和吹奏音乐的班子来布置他们的总部时，一张白布蓝字"中潘煤化工基地猪头肉总部"的横标已拉在大厅前脸上，最为刺眼的就是那个LOGO，宽大的猪头脑门正中是胡向荣那小眼宽脸及杂乱胡须厚唇黄牙的肖像漫画。这一行人马正尴尬万分之际，一领队大喊：升猪头肉总部旗！小号吹出鬼子进村的曲子，同样的一个猪脑门正中有胡向荣的白布蓝色旗升到旗杆正中……

潘红丽述说中笑了。潘红丽说的确搞得太难堪了，我和东方绮丽都是在这方水土上长大的姑娘，是闺蜜，盼着在事业中有欢乐、能充实，这事业又总是大喜大悲、大起大落，忽而高朋满座，忽而又人去楼空，胡总监也不想这样浑浑噩噩啊！但人总要活下去呀！潘长水太认真了，不是一般的认真！他常常引用潘副县长临走时对他的交代：坚守这个阵地，不论有多少困难，这个企业总要长大，这就需要每个环节都要有人爱护。潘副县长的话对他就是圣旨！就是当年的最高指示！潘长水说，淮河在咱这儿分个汉子是巧夺天工。不能小看咱这河湖港汉，光文字记载的就有五千年历史，五千年前这里还有原始社会的古村落，算起来，五千年来第一回投资三十多亿，咱为它守卫，至高无上！潘红丽要求我劝一劝潘长水，原则归原则，灵活归灵活，不能这么任性，不能都是潘副县长指示，这样会坏了朋友情谊。潘红丽很沮丧地说，这一下东方绮丽肯定是生气了，或许多天不理我！我又哪能拗得过潘长水的执拗！我向你汇报过，我的心气本是很高的，律师资格证、培训师、咨询师我都拿到了，看到这个项目扎的铺子这么大，我想肯定有用武之地，几次调走的机会都放弃了，也一直不谈对象，但没想到，企业前途越来越渺茫，我小小年纪头发都掉了一半，连月经都不来了！就闪婚跟了潘长水，结婚以后才知道他的一些事情，他在深圳消防队做中层干部十五年，转业时，他要了钱，说是为常年患病的娘治病，直到现在，他的战友、部下邀他到南方的企业去，薪酬很高的，他坚决不去。有一次深夜他巡逻回来跟我说，我的经验是咱国家的企业越大越没人疼，越小越关怀备至。咱这个企业目前就没人疼，我得顶上去，顶到哪一步是哪一步吧！

这个潘红丽，我在基地工作四年都没说过这么多话，看来许多情谊都是分开之后才更加绵长。记得她经常以巧妙的办法，以水替代掉我的酒，有时我就以眼神与她会心地笑一下；偶尔在宾馆的小路上碰面，我点下头，她就非常谦卑地微笑着，轻轻地说声主任好；有时知道我出差时，她也细声细气地叮咛一句，主任外出少喝酒，身体重要！

手机上又显示了东方绮丽的短信，仔细看去，时间是四天前的，这现代科技，有时甚至比寄信还慢。

"这家企业其实到了一个风雨飘摇的地步，说政治是经济的集中表现，经济的总和就是政治，我现在是真明白了。我们是小人物，但是看得很清楚，初上的时候说是举全镇全县全市之力也做到了，那时多风光啊！一经政治袭扰，谁都不想光顾了，投那么多钱谁都不心疼了，再加之央企与地方、地方与老百姓、即期与预期、直接融资与间接融资等诸多矛盾，就使得这中潘集团越发步履蹒跚了。前几天来了位著名经济学者，从下了车就笑，不顾我们这些女孩子，跑到河沟子里就尿，前开门竟然忘了闭合，然后坐车看了工地，看了规划。有两句话我印象最深，一句是，这半个小时跑了几十条路，说是山路毫不盘旋，说是平原路毫不笔直，说是丘陵路毫不蜿蜒，哈哈！我回了一句，条条大路通罗马。第二句话，四万亿，四万亿的最大受益者，当然，时过境迁，可能也是最大受害者。我也回了一句，就算是超生的小孩，也要让他活下去吧！他有一句话倒很真实，没有任何人发话不让这个项目活下去，是你们自己把自己吓倒了吧？

"我琢磨着，还是人的问题，领头雁的问题。那央企来的董事长，一直就心不在焉，常常流露出一种被放逐的感觉，喜怒无常。酒喝多时，要我们陪他唱歌、游淮河，为他研墨写字，还动手动脚，那总会计师小赫来后没仨月就成了他的玩物，仅三个月就又被他抛弃了，嫌人家丑，说人家是高龄剩女。我是一本子老账，我给他们传过信，放过哨。出于女性的本能，我也暗示过小赫，董事长只是排遣寂寞，至多是短时期的新鲜感，稍纵即逝，果然如是。不说这些了。现在当务之急是任命潘副县长为董事长兼总经理，他有那么一种坚守的精神，你最好找领导汇报，这个事业对咱来说比天大。还有一句，你能回来，做个行政副总最好，上下都好协调；你不能回来，潘长水可以考虑重用，文化虽只是中专，但忠诚得很，管技术业务的都可以花钱买，这忠诚可是千金难买！"

这个微信可真够长的，这个东方绮丽又变成组织部长啦，位卑未敢忘忧国吧！

那多灾多难的淮河汉子，中潘煤化工基地，太牵动我的神经，三十多亿的项目进展如何，搁置与否，是枯是荣，太多的操心都是徒劳，我们也难以呼风唤雨。那些朋友——我突然觉得那些朋友交往那么短暂，情谊又那么粘稠，我决定要去一趟，赶在春节之前，赶在这潘镇最易发生的冬夜多人死于非命的季节，也许我的前行于事无补，但必须去！

两天后的晚上九点半，是潘长水急切的敲门声。他是一周前被县公安局抽调来训练企业消防人员的，我计划这两天请他吃个饭，还没来得及。他让我赶快安排车送他回家，老父亲出事了！我二话没说就亲自开着夫人的车上路了。那座雄伟的二十跨大桥，上边还有前省长的题字，就标志着进入基地，但这座桥，没有铺设引桥，也许是受基地建设的影响，至今仍不能用，只有走在下边的危桥上。

依稀的薄雾，灰蒙蒙的树枝、树干上、田野里毛茸茸的霜，最为清亮的是河、湖、渠、溪那一湾湾水及悬在它们上方的淡黄的大月亮。

手机上闪过几条信息：

> 潘长水的父亲不幸被电死！
>
> 潘长水的爸爸老队长意外身亡！
>
> 潘长水之父电击殒命，你一定立刻赶过去！
>
> 潘长水无法承受，求您帮他度过这一劫！
>
> ……

我看了一眼潘长水，他神情木然，嘴唇紧闭，军人一样的姿势坐在我的右侧。我感到里面有些蹊跷，今年的死于非命是从一个老队长开始？那么会保全更多的年轻人吗？事已如此，我愿意遵从宿命论。噼噼啪啪的鞭炮声已经隐约听见，潘长水像是告知我，非常冷峻地说了一句：我父亲已经过世，麻烦你安排的医院病床取消吧！

胡总监胡向荣已经在这里张罗着。这个西北人已经完全熟稔这里的风土人情，经常在红白事上做大总了。东方绮丽和潘红丽极力分担着潘长水的痛苦，她们在扯孝衣、做袖章、分发白鞋。派出所所长把我们引进一间偏房里，胡向荣赶过来，拿着两盒烟硬是递给那所长，然后说：所长，你知道吧？这是咱基地的办公室主任，现在到县里做领导了，今天是专程赶来处理老爷子这事的，你就人不知鬼不觉地办掉吧！过几天，我请你吃我岳父的五十味药材原汁卤的潘桥猪头肉。话毕，他出去了，紧紧地闭上门。派出所所长公事公办，但其间又不乏情意地述说着此事：昨天傍晚，我们接到报案，说有一位老头子自杀在煤化工基地的配电柜旁，我们勘察时，见割断的电缆约六十米，现场看上去像是他不慎碰到临时经过的为行政村冬灌的一根裸线，当场身亡。我们让胡总监当场参与勘察现场，胡总监否认其偷盗，说老头子是支前模范，那一段二百二十千伏深沟输电线路的施工墙头，还是老头子当线头亲手拿瓦刀砌的。至于老头子怎样下去的，胡总监解释道，他看到几次老头闲遛时下去大便，至于电缆新割断的痕迹，胡总监解释道，那是煤气化桩基施工的临时裸线，是前几天切掉的。既然这样，作为业主方，就让胡总监签个字，做个说明，不再追究，我们就此结案。胡总监硬是不签，还说我们小题大做，把这事报出去对谁都不好。我说："明白了，你们辛苦了，胡总监的工作我来做，你们先回去吧。"

潘长水拉着我的手，叫上了他的夫人潘红丽，说你先陪领导喝杯茶，一会儿到集上吃饭。说罢，他迅即而去。潘红丽愣一下神，说不行，他神色不对，别再弄出什么事来，他要面子得很。我也感到他有些反常，看到他大步流星奔向老头子遗体停放的堂屋，然后反转身，用力地插上了门。我追了过去，从宽宽的门缝望去，在耀眼的灯光下，他把高高枕头上的老头子的头拉起，坐直，我看到那长长的瘦削的堆满皱纹的脸，我感觉到，他在与老头子会神会话，足足三分钟。然后他伸出右掌，唰唰一记耳光，老头子口里顿时流出了污黑的血，灰白的毛发飒飒抖着，那耳光的声音强烈震颤在我的心弦上，以至于以后的很长日子里，我只要见到这样脸型的老人，我都担心会不会因为自己的过错遭到儿子的粗暴。那打耳光的声音，应该也传到门外，我不愿意有人再看到再听到。正当我无计可施、进退两难时，潘长水温柔了，他的右手抚摸到老头子的后背上，左手像梳子般理顺那枯草一样的白发，然后轻轻地、轻轻地让老头子睡下，躺平，盖好，退后一步深深地磕了三个头。他站起来开门，若无其事般拉着我向前院走。我张嘴想说什么，他示意停下，喊过大总胡总监：你安排所有宾客朋友，因我奶奶还在世，按照当地的习俗，明天天亮前下葬。

"长水啊，这个我懂，那指的是未成年的孩子夭折，才那样提前，这个不能，万万不能！"胡总监嘴里嚼着焦熘丸子，一身油香味地从灶棚里走出来，连连摆着手。

"迅速通知我的亲朋好友、同学同事，听从我的意见，坚决这样办。你是大总，现在大家都要听你的！我说话可能老亲旧眷，特别是舅家人不买账，或会闹事。"潘长水转而又对我说，"领导，我现在头脑冷静得很，能够处理好这件事，所有人对我的关怀疼爱、深情厚谊，我都深深记在心中，我知道怎么样报答。你来过以后，热水没喝一口，胡总监从昨天忙活到现在，还要承担作假证的风险！你们就到偏房喝杯热茶，我战友寄来的铁观音，潘红丽已给你们泡好，我要再安排一些事情。"

潘红丽的茶的确泡得很香、很香，她娴熟的动作一如昔日当餐饮领班时，婀娜的身姿款款走动，无论黑的白的蓝的红的、中式的西式的职业装，穿在她的身上，总是那么风情十足。有一次我做东的宴请，人散曲终之际，一大碗泥鳅面，我仅吃了两口，实在不想吃了，她接过来吃了，吃的很香，一个服务员扮着鬼脸：领导啊，俺们潘领班最爱吃你留给她的面！你来做东，我这淮上厅，她会多来几次的。满屋人皆笑了。我说那好，领班的手机号码告诉我吧！潘红丽迅速拿过我的手机扫一扫。我说找个闲周末，我安排游艇去中潘新码头。

潘红丽的茶又续上了，沉重中不乏幽默：不容易啊领导！一条生命倒下，才能惊动你来一次。

手机提示出现了一条微信，我几乎按捺不住就读出来了：淮潘新码头一季度初步建成并验收，选煤厂筹备开工，低密度聚乙烯、聚丙烯及副产先行安装设备。

胡总监重重地"啊"了一声，他站起来抓过潘红丽手中的茶壶，咕咚就喝下一阵，潘红丽嗔他一眼：太烫了，咋能这样！他继续大呼着：放炮、放炮、放炮！忙工们只管服从，三大盘炮炸得火光冲天。

凌晨两点时分，我和胡总监、东方绮丽、潘红丽都穿着基地的工装大衣去看墓地，并不是太远，就在西面的动力中心附近。我们都有一种晨起上夜班的清新感，那黄黄的月亮离我们太近了，仿佛百米冲刺就能攀上它。东方绮丽说，这老头子够亏的，他是几十年的老队长、老党员，难道就要偷盗那点电缆？我不认为！他家的地全占完了，就是你胡猪头干的，连地下九尺都掘完了。工委让他先拆迁做表率，答应他日后建一个现代化的敬老院，让他当院长，这一切都遥遥无期，没盼头了！潘红丽说，那也不该这样做，吃一辈子斋烧一辈子香，临死喝碗狗肉汤，晚节不保，让儿子咋活呀！

不说这个话题！你们这些女人！领导回来了，利好消息带来了，人走就走了，盖棺定论了，就是不慎触电，那是煤气化桩基设施的临时线，咋学不会拗嘴啊？桩基施工，再简单些："基施"，像"失联"那样！省略、抽象，越省略越抽象越好！再教你们一遍：因"基施"而触电！东方绮丽小声补了一句：就失联了。大家忍俊不禁，但都没笑出声来。胡总监继续说，辛苦这一夜，明天上午到咱家吃新配五十味中药材猪头肉，那五十味药食同源的中药材是从亳州大市场买的，货真价实。这个猪头肉，我越吃越上瘾，如果说我老家大西北的羊头肉是少女用小舌头轻轻舔一下，那甜美倏忽而过，这潘桥猪头肉就是一个韵味十足的少妇在你的嘴里缠绵环绕，非让你把味道咂净才舍得下去！东方绮丽扑通一脚，从后面踩过来，他险些没有栽倒。

"有哭声。"潘红丽驻足判断，我们都相继听见了，无人再言语，循着哭声走过去，那是从墓穴的深处发出的哭声，沉闷而凄厉。像滚动在麦田上的春雷，像寒冬中的野狼呜嚎，那哭声时断时续、时高时低，那样无助、悲惨、哀恸，那样徘徊、苦痛、哀怜，远处薄雾依稀中的淮河里大船鸣着长长的汽笛，黄黄的大月亮突然又站在淮潘新码头上。

原载于《山东文学》2016年第6期

# 城市特工联盟

　　城西湖碧波荡漾的水面上浮现着两支昂贵的鱼竿，包括垂钓用的小座椅、容器、遮阳伞、保温杯都显得是高配置。郭铁强老总跑前跑后，像舞台置景一样，连鱼竿上的绞轮都又试了一遍，然后，从路虎车上捧出一套打高尔夫球用的运动服，向着双手抔腰、眺望远方、若有所思的人大副主任郭钢强示意，让他在小座椅上换上。整个脱皮鞋、换运动鞋，几乎都是郭铁强老总完成的，他只是象征性地拉一拉鞋带，拇指抹了一下"ecco"品牌标志，窃窃地说了声："鞋还有奥迪商标？"

　　郭钢强副主任左手刚刚拿起鱼竿，又放下，端起保温杯吸溜了一口又放下，揪了一片青青的芦苇叶子闻了闻，又扔掉，心绪烦乱但没有扭头对着郭铁强老总低低地吼了一声："拨赵中原电话！"郭铁强斜过眼睛嗔怪着："你这样六根不净，走不出原来的套路，鱼也不要再钓了！下月人大换届你也不再提名了，真的要考虑重回社会、重回自然了。你还是赵局长、钱主任、孙科长、李秘书的吆五喝六的，找准自己的位置吧！明天早上我陪你去花鸟虫鱼市场，你要指挥的就是这些！后天到我的山东领地黄河入海口的莱芜国际度假区，江苏盐城的滨海公园。"尽管这样喋喋不休地说着，郭铁强还是不敢怠慢，拨通了城建局长赵中原的电话。

城建局长赵中原、企业老总郭铁强、人大副主任郭钢强人生交集颇有韵味，他们三人同在市工业技术学校任过职，郭钢强任校长，郭铁强授课材料专业，后到市属国有柴油机厂任副厂长，赵中原授课工业设计，后来到城建规划设计院任技术员，郭钢强一步步升任工业局长、经贸委主任、副市长，是市级领导班子中的唯一本地干部，副市长干了如许悠悠岁月。如果说三人还有交集，那就是二郭同宗、同族、同村，论辈分"钢"称"铁"小爷，铁的父亲是小学教师，年轻时曾对着同宗族的老少爷们郑重地说："我儿子正式的学名就叫郭铁强。那郭钢强必是大才呀！我从他三岁观察到现在，一切举止都非同凡响，今后必担大任！俺家犬子唯愿步其后尘，亦步亦趋。你钢强，俺则铁强；你若铜强，俺进为钢强；你若铁强，俺退为木强！辈分淡去，一生追随郭钢强，会有出息！"不幸而言中，他们同龄、同小学、同初中、同高中、同省农机学院，郭钢强一直是班主席，郭铁强一直是辅佐他的角色。大学时郭钢强是学校篮球队长，每次汗湿的衣服都是郭铁强洗，从无怨言。赵中原从西北的一所大学无缘无故地被分到这里，曾暗恋过郭钢强五年，连手也没拉过，最后被郭钢强骂了一顿，赵中原美女气得猛喝了校长室内一瓶红墨水，喷吐了校长一屋子血色液体，关系回复到上下级，直到现在。应该补充的是，郭铁强在并不知此情的情况下，曾狂热地追了赵中原一年。当然，那时钢与铁都是已婚。

城西湖静悄悄的，只有几只蝇子、几只蝴蝶在暖烘烘的阳光下飞着。电话那头接通了，好像是在责怪一个人，言词颇为愠怒："你这个行管科长啊！哪能这样办事？郭市长刚到人大不长，下届也不再提名了，你干吗要这样收拾他的办公室？看看，他墙上的一幅《中原万里图》，柜子里的几个全国会议的照片，抽屉里的两个茶杯，几盒六味地黄丸，他常饮用的决明子、绞股蓝，特别这几套黄绿红蓝的运动服，这剃须器还是我出国给他带的！你怎么这样做？无异于清场嘛！给我安排人立即全部分毫不少地送到我办公室去！"电话这一端开的是免提，应该说赵中原局长只知道是郭铁强打来的电话，所有话语都被郭市长听到了。他索性就没有接过电话，望着河面上微风吹起的涟漪，喃喃着："北部砸地基的声音震得我心疼啊！那一家房地产商知道那地方地下管网的情况吗？那地下机关多、隐患多，有杀机啊！郭铁强，你老是拽着我走，你不知道，咱这市，一个城市化率的指标，压力大啊！要求几年内城市人口新增三十万，才能赶上全省的平均指标，但我们还是一个县城的地下管网，还要把那一段的'马路拉链'延续多久啊？小马拉大车，屎壳郎驮铁轨！"

赵中原那边顿悟了，立即传来清脆的声音："你们老哥俩在哪吃野味呢？也不叫我！"她显然在混淆辈分戏弄二郭。

"哈哈！我刚才批评下属不小心让你们听见了，你转告郭市长，我明白了，汛期临近，台风也可能光顾我们这个内陆地区。防汛抗洪的方案，我们已经报给政府，就等着上会。让他也催一催吧！等两个月了，市长去中央党校学习，常务副市长表示，此事太大，做不了主。"

郭钢强终于提高了声音："东部新城的地下管网固然做得不错，一旦大水，它要强行通过老城区管网，才能进入桂方河，老城区自己还在蹒跚着，能再扛一口袋粮食吗？年年汛期死人啊！还有，那乱麻般的水啊、电啊、气啊、移动啊、电信啊，甚至不明真相的管道也不少。你那份方案充其量是情况不明决心大，赵中原！"

城建局长赵中原正在策划一个神秘的组织。赵中原局长的这个"阴谋"萌生于一个月前，她带队去盐城考察城建，当晚的宵夜是郭铁强安排在自己的滨海庄园里。郭铁强在凉风习习、月光洒满的一处小亭子里，与赵中原及部下们品着洋酒，流露出掩饰不住的喜悦："赵老师，你是千里来传喜讯啊！我终于等来了郭钢强离开体制的这一天，他做副市长，做常务副市长管了你六年，你也可以站起来扬眉吐气了。我这苏鲁豫皖十一家企业，要他来打理了！过去在工业学校时我们也约定过，最终要走在一起。干企业这活啊，千军可买，一将难求。再说，我这命运也是父辈定的，紧随他其后，很高兴啊！天时地利人和，明年企业就要上市了，我的高端制造业题材很好，飞驰的高铁上，我的贡献越来越多，再说这也是咱的拿手戏。赵老师，你必须帮我忙，说简单了，推着一个糟老头子到我这打杂，但可能也不这么容易，人很倔、很倔，有时像倔驴！好在家乡官场上都说，人人都怕郭钢强，唯有中原能受降。这话你别介意，没什么贬义，是长期默契所形成的。"当月亮升得更高时，郭铁强的一个乐队表演了几个品位很高的歌舞，有京剧、豫剧、魔术、杂技，有红歌、中国好声音和草原上的歌曲，最后是《十五的月亮》。赵中原心血来潮提出改喝白酒，瞬间，菜和酒全部更新，连服务员也换成刚才的演员，据说那演员大多是盐城艺校的学生。赵中原提了酒，"他乡遇故知"，然后不知什么原因出手很猛，一口就与郭铁强干了一大杯，赵中原眼睛闪烁着泪光。

返程时，她一路上想的都是要把郭钢强留下来，做城市地下管网的守护神，她认为对这座城市的爱只有他是死心塌地的。

她亲自设计了一份表格，叫作"城市特工联盟志愿申报表"。填表说明有这么几点：一是释义，即"城市特殊工种人员的联盟"，凡具备特殊工种上岗证的人员，不论在职或退休都可申报；二是志愿者性质，政府花钱买社会服务的资金，可以用作误餐、加班、奖励、办工费、节假日补助等项；三是联盟总部设在城建局十楼，城建局长自愿兼任秘书长，原分管城建的常务副市长郭钢强自愿担任联盟总指挥长，简称"总长"，不取薪酬。许多人的手机上几乎同一时间收到信息，多是工业学校的学生，慕老校长之名，开始了网上报名，他们很好奇、很新奇，他们希望不辜负青春的时光，他们向往着那风雨交加的日日夜夜，搏击疾风恶浪的惬意与豪情。人是希望生命中有些旋律的。对这一切，未来的"总长"还不知道。

赵中原在张罗"总长"办公室的布置，那张由本地画家创作的《中原万里图》挂在办公桌对面墙上，办公桌左侧是一点五米高的寓意为"中流砥柱"的灵璧石。写字台、竹椅和背后的书橱都是以城建局名义从市政府原"郭钢强同志办公室"里借出来的，衣帽间里，挂上了被行管科长"清场"出来的五套运动服和"特工联盟"今后行动时的紫色统一服装的设计式样，另有一套军分区司令员送他的将军服和电力公司送给他的一只装有精致维修工具的电工包。

宽大的写字台上，压了一块厚厚的玻璃砖，尽管这已不时兴了，但那是郭钢强几十年的习惯。玻璃砖下，压着赵中原小楷书写的郑板桥的诗：衙斋卧听萧萧竹，疑是民间疾苦声。些小吾曹州县吏，一枝一叶总关情。赵中原的书法可是在省获过奖的。

最为惹人眼球的是城建局十六楼顶上的"城市特工联盟"六个大字，一时成为这座城市的光辉之最、炫目之极！

都说春雨贵如油，三天之后这"油"就毫不吝啬了，像夏季的暴雨那样率性地泼洒着。汛期城市管网维护的方案还没有批下来，该备的物料也无法备。赵中原局长上午给郭钢强打过三次电话，都没有接，下午发了两次短信也没有回。尽管她知道，他已无法指挥今年的汛期城市安全，但多年养成这习惯了，有事没事总要问一问他，有人因此说他们的电话是热线，但没有人说他们之间龃龉。

夜里十一点，郭铁强来电话问赵中原见到郭钢强没。他说晚上七点多时他们在一闻香饭店吃烤羊头。随郭钢强来的三个年轻人，都说是他的弟子，每人喝的都有一瓶白酒，吃两三个羊头，一身紫色工装，便携式工具，然后分手了。郭钢强表示十点回到他住的酒店与他下围棋，却至今未归。倒是来了位自称行管科长的，送些水果、保健茶之类，还说这是准五星的酒店，只是消防还未验收，反正这几天阴雨连绵，也着不起火，就扭头走了。

赵中原只回了句："你睡吧！我知道他到哪去了。"就挂了电话。正是在那一天地锤重夯的地方，赵中原随着附近明代古建筑下的人防工事地下道向纵深走去，先是看到几个年轻人在那里敲敲打打，啄木鸟一样诊断着。再深入，只见郭钢强整个身躯仰卧在一排管道上，他手中的工具游走着、飞扬着，在靠近顶壁的一个容器上劳作，他的脚不时地钩着管道，固定好身体才能把劲儿铆在手腕子上。这位曾经的六级钳工、七级管工、八级焊工，重新找回了他久违的作业面。一只蝙蝠在他头顶上方趴着一动不动。赵中原没有声张，一直注目着他干完，跳下，那锈与漆的味道弥漫开来，让人闻着类似发酵后的茉莉花香。郭钢强刚跳下来就开口说话了："我一直感觉到这里好像有颗定时炸弹。二十年前，化肥厂为这家蛋粉厂送液氨，就是设置了这地下管道，那涂成黄色标志的是氨管道。蛋粉厂图省事，就地把贮氨罐放在后门的物流通道一侧，当时这里还是农民的麦田，现在蛋粉厂倒闭，变成了人家的房地产，那麦田下的氨罐正是在二十层商住楼之下，我进来看时，还有一罐液氨呢！改制流失了那么多国有资产，但这氨罐却没有人要啊！危险品嘛！明天还要采取措施把它拉走。这只是一例，隐患还有许多啊！"

政府的会议纪要终于下来了。还是市长在中央党校签的，传回来的。要求把今年的城市防汛抗洪放在城市工作的重中之重的位置，要看到城市迅速扩大而带来的汛期安全风险的极端复杂性、艰巨性。要求城建部门牵头，各有关部门密切配合，打一场汛前城市管网维修的攻坚战。据气象部门较为精准的预计，今年的第七号台风"探春"非常有可能于十天后来到这里，要求城建部门科学调度，组织精干力量，一周内完成城市管网的维修任务……赵中原的眼泪泉涌一般，凭目前的城建维修公司的力量，一周内能组织到位就不错，正式工基本不干了，临时工基本没有技能。她的手颤抖着拨郭钢强的电话，最后一个号码没按，她又采取照相方式把政府纪要发彩信给郭钢强，郭钢强立即回短信，要求她把此彩信再发给郭铁强，她不解，但还是照发了。刚刚发给郭铁强，郭钢强又来短信，要求发给郭铁强公司的行政总监，赵中原回信要求郭钢强把那行政总监的手机号发来，郭钢强回信，我不是你的秘书！赵中原刚刚找到那位行政总监的手机号，郭钢强又来短信，要求群发给填过城市特工联盟申请表的共产党员，赵中原答复：我永做你的秘书！！她翻看着申请表，嘴里嘟囔着：这表里设计的好像没有是否党员一栏啊！赵中原心中充满窃喜：郭钢强已在不知不觉中悄然参与了城市特工联盟活动。

气象台台长给赵中原打来电话说："你前几天问的那个叫'探春'的台风小姐还真的要来咱这看看，预计就是这十来天。这是谁这么先知先觉啊？比我们预测的还早。也好，让我们内地人感受一下那般的强劲猛烈、摧枯拉朽！"赵中原说："你这熊孩子站着说话不腰疼，城市能受了？我能受了，地下管网能受了？你给我喝退它！"台长说："人家'探春'也是美女，让你们PK吧！"挂掉了。

此时的赵中原坐在城市特工联盟总长未启用的宽大的沙发上，又开着腿蹬在茶几上，她第一次感觉到这个开放的姿势那么解乏！当老师的妈妈从小就教育她，女孩子坐、站、吃饭，尤其是会客时都不能叉开腿，想到此，她刚刚放松的腿又并到一起了。她仰面朝天，又做了两次深呼吸。她觉得，大脑那中枢神经又一次向她发出提醒信号：一周时间无论如何维护不了城市地下管网，只有一个途径：草船借箭！能做到吗？

桌子上的电话响了起来，铃声是一首歌曲《烛光里的妈妈》。郭钢强是个孝子，再过十二天吧，农历五月二十五日，是他母亲三周年的祭日，打从他母亲去世后，他的手机铃声、车上CD都是这首歌曲。谁能知道这里的电话呢？赵中原走过去接时很纳闷，是办公室主任在问："安排在会议室里讨论东部新城控制性样规和污水处理二期的括初设计，两拨子会议人员还在等着，反正他们淮南牛肉汤也喝过了，会还开吗？"赵中原断然回答："一是时间太晚，不开了。我开会一年过晚上十点的没几次，别坏了我名声，让他们媳妇骂我！那个恶搞谁制造的？说我春节后刚上班带着中层干部在省建工学院一周培训，最终压缩课程，五天就结束了，墙改办主任的妻子紧紧攥着他老公的那家伙，连声说：谢谢赵中原！"办公室主任赶快插话："后来我把这恶搞演绎了，变成谢谢郭钢强、再谢郭钢强、猛谢郭钢强！""第二，你在办公室待命，先把城市特工联盟人员中的共产党员查出来，怎么查？你还问我，像中统特务那样查！然后再群发一条短信，内容我马上发给你。"回到沙发上，刚又想叉开腿，赵中原还神经质地瞅一下有没有摄像头，电话又响了，还是办公室主任，有点压低声音："是郭钢强郭大人打来的，让我找你，我说试试看。""唉呀！刻不容缓、刻不容缓呀！"赵中原挂掉电话，迅即用手机拨通了郭钢强的手机，对方居然是少有的谈笑风生的声音："赵中原，你怎么没在办公室？噢，该下班了。郭铁强老总衣锦还乡数日，请他吃顿饭吗？没有？那你买几个熟菜，来吧！1209总统套房，我们正下围棋。"没等这头回话，郭钢强已挂掉电话，这是他多年的习惯，不知道尊重人；一直直呼赵中原也是他多年的习惯。赵中原急如星火地去了。买熟菜是办公室主任的强项，让他办。

　　这家宾馆赵中原一年要来许多次，但这总统套房还是第一次进来，最让她惊诧的是太大了，像是老城区的几进小院，最让她感到亲切的是迎门的墙上是一幅《中原万里图》，与郭钢强的那一幅出自同一位画家，只不过这一幅大得多了，而且本地的标志性建筑宋代会馆特别显眼，纤毫毕现，那镂空的砖雕甚至有三维动画的感觉。

"电文拟好了？"郭钢强问赵中原。

"电文拟好了？"郭铁强问赵中原。

之后，他们依然津津有味地下着围棋。

"什么电文？"赵中原不解。

郭钢强没有抬头，从身子一侧摸出一张白纸：

行政总监并通知山东东营、莱芜，江苏盐城，安徽淮北各子公司：

我的家乡是一座急剧扩大的省辖市，城市地下管网不及，今年将遇上罕见台风兼漫长汛期，恐罹不敢想象之风险。接通知后，各子公司速分别组织五十名特种工种人员，也可向当地城建部门求助，以我的名义他们会送人玫瑰，慨当以赴。自带车辆，备品备件亦一应俱全，明日拂晓启程，星夜驰援，参加家乡的城市管网维修周会战。届时，该市领导郭钢强亲自在高速路口恭迎。不得延误！

董事长兼总经理

赵中原感到头顶在燃烧，尤其是两脚心在燃烧着，她不能

44

自己，她率性地叉开双腿，但很快又并上了。她眼睛潮湿了，泪水顺流而下。恰在此时，郭铁强发话了："赵中原，拿给董事长兼总经理签字啊！人情是你的，只不过盐城酒恨要让郭铁强洗雪一下！"

围棋撤掉，一桌子丰盛的菜端上来。赵中原机灵地端起一只高脚杯子，抓过一个酒杯装满："郭董事长，看我怎么喝的，你洗雪一下盐城之恨吧！"那杯酒连眼都没眨一下飞流直下赵中原胃的深处。郭钢强说了声："慢！那可是六十五度的压池子酒！"话刚完，只好改口："这才是我的徒弟！"


昨夜，沿桂方河的一排十年以上树龄的大树连根拔起，这好像是台风先给个信号，今天倒又是丽日蓝天，气象部门说，这是一个诡谲的日子，云图太复杂了。

市长从中央党校回来了，直接来到了赵中原的办公室，听到赵中原的汇报，近乎感激涕零："晚上找郭钢强、郭铁强吃烤羊头，你安排好！"

郭钢强已失联了七个小时。大家都知道他在这城市的地下，但谁也搞不清他到底在哪，和他一块走下去的几个青工说，郭市长给我们分好工就走了。

他还真的没有在地下。他把几个方面军安排好后，就去了他一直想去的地方。还是在常务副市长的位置时，他对与开发商BOT合作做的几个地下设施就充满了狐疑，但没时间事必躬亲。现在他一屁股坐在设计院的图纸库里，对几个重要"枢纽"的设计，亲自审查。审图员与官员的区别在于，前者要求的是理论和实践的成立，后者要求的则是城市重点部位、敏感部位的匠心独运和真材实料的使用。整整六个小时，他没喝水，也没去方便，没有这个功夫。他想趁郭铁强的援兵来时，再解决一些未然的东西。现在概念形成了，五个节点重新设计并调整些使用的材料，迅速施工。他开了手机，拨通赵中原的电话。赵中原已在他的身后良久，而且一杯热茶正置他一侧。

"把任务交过去吧！他们来的有设计人员，而且水平很高。"

"我会立即安排办，但前提先交办你两条任务。"

郭钢强看着她，等待下文。

"晚上八点市长请你吃烤羊头，让我作陪。八点前的半小时，我们的城市特工联盟，要正式成立，你是总长，你当然要到会讲话。"

"我有功而受禄，当仁不让，市长的羊头我吃。但，什么'城市特工联盟'、什么'总长'？我不知道。"

"你一切都意识到了，七点半，请君入瓮！否则，我就是百十号奔你麾下特工人员心中的大骗子！起来吧！"

郭钢强艰难地挪腾着，站不起来，可能他坐得太久了。赵中原用力拉他，太重了，索性按倒在地，让他打滚。郭钢强汗珠子都出来了，他咬紧牙关，使劲地打了几个滚，"行了！"两个人放声大笑。

"我要到城西湖游泳，不松松筋骨，把这几天的劳累除掉，将要大病一场的。"

"我和众特工们陪你！走吧！"

城西湖在夕阳的辉映下，红蓝相间，郭钢强、赵中原相继跳下，不知道他们什么时候穿上的泳衣。陆陆续续又来了几车人，多数人只穿着自己的内衣，包括一部分女特工。莱芜特工队、营口特工队、盐城特工队的旗子插在河坡上，组织的速度是惊人的。从赵中原脸上灿烂的笑容，以及她那游泳的大动作可以看出是她的得意之作。

行管科长在岸上喊："郭大人啊！使劲游吧！把身体搞强健，以钢胃铁肠应对晚八点市长的羊头，免得拉肚子打点滴。"

赵中原呵斥："滚蛋，闭上你的臭嘴！"

郭铁强西装革履的急匆匆地走到岸边，他有些气急败坏了，对着郭钢强大声喊着："你听着，我一分钟也不能再停留，赶晚上的高铁去北京，明早要到国家证监会接受谈话。钢强爷！我都叫你钢强爷啦！"

郭钢强湿漉漉地从水中疾步上岸，赵中原紧随其后，从一杆红旗下拿起一个扩音话筒，放在郭钢强的嘴旁。郭钢强的双手紧紧握住郭铁强的双手，面向宽阔的湖面和湖中的人群，声音中溢满了激动和亢奋："驰援我市的各位年轻朋友们，本市的各位特工队员们，你们辛苦了！此刻的我，一肚子全是感激！感激的纯度是百分之百！这位喊我爷爷的人，恰恰是我的爷爷！他在家是独子，娇宠得很，因此，小名"毛妮"。请大家见证，我这一生第一次郑重地尊称他：毛——妮——爷爷！"

"毛——妮——爷爷"粗犷的喊声回荡在湖面上，一些年轻人也学着他齐声喊着："毛——妮——爷爷！"

突然又听到一个响遏行云的"毛——妮——爷爷"的声音，循声望去，是两个蛙人高举着一个地下管网机器人发出的。湖面顿时欢呼雀跃！

赵中原一直背在后面的左手伸出来，一把污泥，一半抹在郭铁强湖蓝色的领带上，一半顺手从郭铁强脸上划拉到郭钢强脸上，最后又划拉到自己的脸上，三张泥脸让池塘里沸腾了！

赵中原推着郭铁强向水中："下去吧！美不美家乡水！"声音异常甜蜜、温柔，湿漉漉的长发尤其显得飘逸妩媚。郭钢强扭头对着走下来的郭铁强满脸堆满了灿烂的笑容，又悄悄地说了一句："那上市公司的注册地还是在咱市吧？"

原载于《清明》2015年冬季增刊

# 释

即将落下的夕阳把西半边天渲染得彤红彤红的，无数片乌云被锁上血色的红边。乌云仍以为还没有泻尽满肚子的雨水，在狰狞着、咆哮着、笨拙地晃动着、张牙舞爪着。那鲜艳的红色光芒对它们的勾勒，愈发让片片乌云像一只只生猛的怪兽，在杂乱的西部天幕上毫无章法地表演，让人看了心里发怵，愈联想愈惊悚。

毛毛小雨还在阵阵地飘拂着，太阳依然不肯落下去。我们一家人坐在梧桐树下，围着一张小圆桌吃饭，雨丝飞进碗里，谁也不在乎。妈妈拢一下湿湿的头发，抬头又凝望一会儿西部天空的光怪陆离。她眉峰高耸着说："我今天脊梁骨老是一紧一紧的，像是有什么邪气啊！"姥姥正下劲地嚼着老芹菜，看着我们姐弟几个吃饭，没声张，依然是咯吱咯吱的。

这学校的前身是个宗族祠堂，宗族祠堂的前身是个阎王庙。公立老师就妈妈一人，一放学，六个民办教师和学生都走光了，俺住的这个大殿，听说原来闹过鬼。听妈妈前任的那位老师讲经常夜半听到凄厉的声音，坚决要求调离了。

老芹菜还在姥姥的嘴里咯吱着，天空顷刻就黑下来了，一道闪电像是一束追光，强烈地照进我们住的大殿："嘭"的一声，一只巨大肥硕的红花蛇紧紧地吮吃着一只黄毛大老鼠，一下子从栋梁上落下来！吓死我们姐弟几人了，紧紧地搂着姥姥妈妈。

妈妈气喘吁吁地安慰我们："没事了，那只邪魔已被'屋龙'吃掉了，是你姥姥发的功，我的脊梁也不紧了。"

暴雨如注，这一夜我们是在灶屋里度过的，不知道那条"屋龙"是什么时候凯旋的，雨却是直到我们睡着都没有停下来。


## 一 表姨洁白的身躯和马拉的水车


妈妈带着姥姥和我们姐弟几人在这个祠堂改造的学校里度过第一个春节的时候，我们很有幸福感、丰饶感。学校内外，好几亩地的芝麻、绿豆、高粱、红谷都是我们自己种的，自给自足式。临到春节时，用芝麻换的麻油、用大豆换的豆腐、用红谷换的粘面和酥糖、用红芋换的粉丝等享用不完，只是妈妈和姥姥累一些。平时学校的厕所"产物"是所在村庄包的，这时返回了冬瓜、笋瓜等一堆蔬菜。大队书记和我妈妈在县城涡北中学初中同学三年，也备加关照，一个猪头，两挂下水，一个整羊，四只野兔，六只风干老母鸡，刚过祭灶日，就都挂在了院子里粗大的白果树上，看上去像是个肉食品铺子，煞是馋人。

春节前的一个暴风雪之夜，一队迷路的人马敲开了祠堂的门。他们共五辆马车，拖挂着二十辆板车，显得人困马乏、饥寒交迫。姥姥深夜起来给他们烧饭，还把他们车上一条剥好的大狗给煮了，汤里放了好多的八角、大料，煮得香气四溢。这帮人大口大口地喝着酒、啃着狗肉，狼吞虎咽地吃光了所有的面条和大卷子，在西厢房铺上麦豆秸，裹上自己的被子呼呼睡去。直到我起床，听到参差不齐的鼾声，才知道是怎么回事。那队人马住了两天，临走给了一笔钱、一箱球鞋和两匹油绿色直贡呢的布。多少年啊，我们姐弟几个穿的棉袄棉裤都是用这些布做的，结实得很，很难穿烂。

那个时候的冬天冷得很，黑得早，人烟也显得稀少。和着远处稀稀落落的爆竹声，我们也在门前放了几小串爆竹。地上又开始上冻了，手上冻裂的小口子还隐隐作疼，也就无兴趣了。

祠堂的大门有"嘭嘭"的敲门声，昏暗中我看清是表姨弓着的前倾的身影，她挎着个篮子，里面装着过年走亲戚的一些礼品，一条围巾把她的脸包得只露出中央的小部分。她只是问了声："姥姥在哪？"便径直向里走。

姥姥是不太喜欢这个表姨的，感觉姥姥见了她，总是数落她，说她是一副受气的样子，人虽长得也很俊俏，但苦相，妨害人的相，一辈子难有好日子过。

我在油灯下叠着四角，听着表姨和妈妈姥姥的叙话。表姨说表姨夫在县城拉板车，有短途到乡镇，也有长途到商丘，也到山东泰山拉石料，到河南密县、焦作拉煤，过去还好，回家时带点衣物、日用品、吃的，最近一回来老是嫌弃她，还打她，用脚踹她。"说实在，受不了是俩月前的一天，他回来了要喝酒，我在代销店里给他买了，又炒个鸡蛋，调个菠菜，烧个豆腐，他自己带回个驴板肠。吃饭喝酒时都是喜笑颜开的，吃过饭要找他家祖传的青铜酒具，没找到，他就扒掉我裤子，按倒在地，脱掉一只鞋照屁股打，像打顽皮孩子那样。"

　　我的四角也叠不下了，捂着嘴笑起来。

　　"我真是气不过，连夜跑出来了！天蒙蒙亮的时候，到县城找到刘大脚刘主任，她一个电话，就安排我到这良种场干活了。"

　　妈妈瞪大眼睛问她："你这段时间就在这南边的良种场啊？你男人也捎信问你、找你，说一回到家没有你他就待不下去，你儿子英武，虽然跟着人家唱大鼓书了，毕竟年少啊！哪能不想娘啊！我看你男人还是有家庭观念的，拉个板车，风里雨里也不容易，那刘大脚刘主任我熟悉，虽是县里的妇联主任，办事还是不稳当！两口子生气，只有劝和，这让她搞的，一个城之南一个城之西的。"

　　表姨这才把头巾扯掉，灯光下她一头秀发的剪影还是很生动俊俏的，她很快又埋下头啜泣起来，哭着诉着，但并不是很悲伤，她不停地重复着"不能回去了"、"回不去了"的话，姥

52

姥和妈妈轮番问她，最终才说出来。

原来，表姨来这良种场不到一个月，刘大脚刘主任又来到这种场检查工作，那时她已经调任县委农工部部长。场长热情地陪着她参观良棉种区、良麦种区、良玉米种区、种山羊区、种兔区，陪她吃饭，还喝了本场用红小米酿的酒，把表姨也叫去了。

表姨说，场长给她安排得很好，在场西区跟着一位老头子学种蔬菜，还学会了套马在水车上浇菜园子，安排的活很是轻闲，活动活动，胃也不像过去那么胀了。

刘大脚刘部长酒喝得很兴奋，突然给场长斟了一满杯酒，让他喝下去，说："场长你个老杂毛，老是说关心我妹子，没关心到点子上，我妹子今年才39岁，比我整整小一旬嘛！你天天就让她陪过南瓜陪冬瓜、摸过萝卜抱白菜啊？你不是才娶一个女拖拉机手吗？去年给她报个县里的三八红旗手，你要我打招呼，说是你亲戚。场长，你是饱汉子不知饿汉子饥啊！赶快给我妹子安排一个知冷知热的。"

"我当时也表示反对了，我说我和俺男人没离婚。"

刘大脚说："先找一个搭伙过日子，合得来再离，反正场里的人都不知道。"

场长说："我这有个马车手老程，膀大腰圆，就是有点罗锅腰，有点跛脚，肚里的墨水太少，好就好在五十岁开外，至今没摸过女人。"刘大脚一拍桌子："就这么定了！"

三天之后，场长让厂里的木工把老程的床加宽了一块木板，找了一个破竹笆隔开了对面育山羊的小伙子。场长让食堂送来四个菜，老程拿出一瓶红梁液白酒，那育山羊的小伙子也过来喝了几杯，老场长还用筷子敲打那小伙子的头："不该看的不看，不该听的不听，如不老实，我砸你的狗头、要你的小命！"

那老程真是太闷，闷得比木头疙瘩强不哪去，从不跟你说话，天天回来的不论早晚，都把屋里动静弄得很大，让我早上见那小伙子时很难为情。没几天那小伙就很烦了，能感觉到。

"我想找场长要个房子。"表姨又说。

表姨来我家之后不久的一天早上，村庄上的几个人跑到学校，大喊大叫："快去看吧！农场才来的一位女工被人害了，整个身子雪白雪白的，一丝不挂，这才真叫俊娘儿们！咱这三庄五里的大姑娘小媳妇都是黑炭头似的。"

我又听到："马营的几个老寡汉条子都跑去看了，叫都叫不回来！"

另一个人立即纠正他说："被害咋没血迹？说她是勾搭上那个养山羊的，正弄事时，被她男人逮着了，羞愧得喝农药了。"

"喝农药咋没有气味？"

"你扒她嘴闻了？"

"我想闻，怕你打我！"

"呸！你也是光棍王，对这事喜欢胡猜。"

"但那养山羊的不是好孩子，听说经常夜里摸山羊。"

"我就看到过，他晚上去羊棚。"

几个人的意见又趋于一致。

妈妈忧心忡忡地派我去观察一番，哎呀！她的床正靠在那低矮的大窗户下，窗户已全被打开，围着许多人，有的人眼珠子直直的，不肯挪动地方。我个子小，凑着人空钻了进去。我惊呆了，是表姨！是表姨！没错！表姨一丝不挂地在床上平静地躺着，没有血，没有伤痕，连头发都没有乱。

我退出来，看到场长在那里无奈地赶人："不看了、不看了好不好？不要脸是不是？一个两个都不要脸吗？我们又不好动现场，派出所说这是刑事案件，要交县公安局刑警队，就让你们这些坏蛋占便宜了。"

那马拉水车还在转着，水在红砖砌成的渠里潺潺地流；马儿若无其事喷着响鼻，一圈又一圈行进着。我不知道这是怎么回事，跑回学校向妈妈报告。

事件发生后的一天晚上，我们一家围坐在昏暗的油灯下，又说起表姨的事，姥姥依旧不大言语，盘腿坐在床角，掐着指头似睡非睡。半晌，姥姥长叹一口气，睁开半眯着的双眼，悠悠地说："'屋龙'从梁上掉下来那天，正是那死妮子去农场的日子，唉！我说嘞！都是命嘞！"说得我们和妈妈面面相觑，望着空洞黑暗的房梁好久都不敢作声，又感到脊背发凉、一紧一紧的了。


## 二　表姨夫的加长板车和那只温柔的小毛驴


表姨夫给我们的实际印象并不像表姨述说的那般凶神恶

煞、虐待狂似的，这可能是表姨不喜欢他的缘故。相反，他总是笑容可掬，一颗金牙闪亮着。

妈说他是县城一中的老高中生，大学也考上了，因家庭负担重没有去上，以后就拉板车，最初是拉煤，到平顶山、焦作、淮北、淮南。妈还说他们常常在路边睡觉，有时能被暴雨冲起来；他们吃馍一顿十来个，吃面条一顿要二斤面。"你看那路边挖的小窑子，烧得黑黑的，就是这些板车族路上做饭用的，苦哪！"

"一次你姨夫行进在311国道上，喝了两口小酒，不热不冷的季节，睡得正酣时，觉得身旁有人抓挠他，睁眼一看，是个头发蓬乱、满脸血痕、没有鼻子的女疯子！唉！不容易啊！后来，他的两个同学分别成为药材公司和百货公司的实权派，他才开始拉一些'细货'——中药材、棉布、自行车、电器之类，也不用走那么远了。"

表姨夫那板车我见过，简直就是个小马车，为了多拉货，他前后都加长加宽了很多，而且板车的肚皮下简直是个百宝箱，他的衣物、食品、手电筒、小收音机、修车工具全在里面，甚至还有一顶公安的大盖帽。因为他每次到我们家来（总是去河南拉货时路过我们家），都要从车肚皮下掏出来一些我们小孩爱吃的。他总是仰起脸，翘起下巴，把额头的皱纹深叠起来，然后，往里掏、往深处掏，常常是把衣物家什全掏出来才能摸到：高档些的是饼干、麻糖，夏季鲜艳的圆领汗衣，低档些的就是麻花、烧饼、烤红薯、核桃、玻璃球等。记得我考上镇里的初中时，有一天已经很晚了，他拉着板车来到我们家。姥姥和妈妈是很欢迎他的到来的，甚至比对表姨的礼遇和热情程度都高。我揣摸，一是他每次都给我们姐弟几个带来一些好吃的、能用的，给我们生活上一些接济；二是表姨夫嘴特甜，见我妈不停地"俺姐"、"俺姐"，见姥姥则不停"大婶"、"大婶"地叫；三是给你留下预期，下次要拉货路过哪里哪里，那里有什么特产，怎么怎么风味，说得大人孩子都有个念想。

这一次，他从四通镇带来了两只烧鸡，扛下一袋绿豆面，说是朋友送给他的（他常常说朋友给他的，他的朋友真多）。一会儿，姥姥用地锅贴出一筐子绿豆面锅巴，我们姐弟几个闻香也都凑上去，很开心地吃着，也听着表姨夫绘声绘色地述说外部世界的风景："其实我拉板车走过的路，也就是孔子周游列国走的路线，就是咱苏鲁豫皖周边这一带。这一带，甭看现在穷，将来有大发展势头，千里沃野、物阜民丰。我喜欢天不亮启程，那个时刻呀，可以看到许多风景，有的事能让你笑好几天，也就成为我一程又一程的动力。前天，我去驻马店的时候，五更时分，走在河堤路上，我看到河坡里绿油油的，想下去找个瓜，或摘把子青菜，晚一会儿下面条。于是，我戴上大盖帽，扎上武装带，拎着个玩具店买的微型冲锋枪，甭笑！这些是我的防身工具，拉一车物资走夜路这是必不可少的。我连着三级跳，到了一个凹槽处，刚大喊一声缴枪不杀！老子的地盘还不快快滚蛋！甭笑，这也是我们防身本领！你们猜怎么啦？一对狗男女，从我左前方站起来跑了！男的上身光着，胖子，很笨重，女的很瘦削，像是吓哭了。我停下来暗自笑着，片刻，走到他们栖息的地方，一张《人民日报》在地上铺着，一只帆布包打开着，内有一只镯子、一双女式的白球鞋、两个烧饼夹牛肉。我扬起包，向着他们跑去的河畔方向叫了几声，已看不到人影。后来，我老是觉得这胖男人就是这叶营镇的供销社主任。从那个时候，我就认定，拂晓的时辰，就是能制造许多故事的时辰。"

农村的小学校这时还没完全用上电，或者说，只有老师集体备课的办公室里，才装上两只灯泡。吃过饭，我们都上了床，妈妈神神秘秘地拉拉我说："到表姨夫的车子上把那玉镯子拿回来给你姥戴，姥姥一辈子就想要个玉镯子。"

表姨夫已经在那里整理他的板车了，镯子在他手上，他让我们看着，镯子里面有一条鲜红的经络蜿蜒着，时粗时细。表姨夫眯着眼说："质地不错，是适合年轻女士的，不太适合老年人。这样吧！这只先放我这里，我让南阳的朋友带一只墨玉的，更适合大婶！"他说着就把玉镯又装入了板车肚皮之中，然后从板车的车厢平板处突然拉开一个暗道机关，像是一个地下窖式的，从里面拉出一只鼓囊囊的麻袋扛起来，打了个手势，直奔妈妈住的卧室。

我娘俩尾随着进去，他关上门，轻轻地对我们叮咛："这孩子考上了中学，中学离你这里五华里，需要辆自行车。这麻袋里半是白芍，半是天麻，到镇上供销社把它卖掉，可以买一辆八成新的自行车。表姨夫现在手头还不宽裕，我计划着，再攒点钱，先换成一辆小马车，再一年就换一辆柴油车。俺姐你知道，我是过继到二伯家当儿子的，他家在城西关的水泵厂，住了两亩多的大院子，十几间房子，过几年，咱都住在那里。等有钱了，修建成四合院，架起门楼，吃香的喝辣的了!"

我们感激不尽地送表姨夫上了路。噢!对了，还要补充一句，就在表姨来我家的前几天，表姨夫还匆匆忙忙地来过我家找表姨，他连说莫名其妙，根本就没有生气，表姨咋就跑了呢?那时我们也根本不知道表姨就与我们近在咫尺。这一次是他的一个朋友骑了个挂斗摩托带着他，像日本鬼子打仗时用的，惹得许多大人孩子来看。在失望之后，表姨夫抓了一把筐子里的煮花生就上到摩托车斗里，刚跑几十米远，又回来，塞到我衣服里二十块钱。

几年后，我进了城，当了工人，全家也搬进城里一处租的房子里。妈妈说："你表姨夫可能是与城东白马桥那家旅店的女老板好了。有一次我早上起来到那桥头买鱼，先是看到他那566号牌照的板车，回来时就看到，一只小花狗跟着他在桥头站着，很悠闲，但是他看到我并没有异样，说是昨夜到这，住这旅店了。又跑到车上，给我拿两把苔干。"

妈妈这样一说，我也想到，我上夜班时经常路过这家旅店，有一次确实是听见表姨夫的声音："马车不买了，明年再找朋友借几个，买辆柴油汽车!"我下了车子回头看看，没看到人。

初冬的一个拂晓时刻，因车间停电，我骑车回家了，这时候骑的车子还是表姨夫那半麻包白芍、天麻换的。我回忆起那天很晚表姨夫扛着白芍、天麻进到妈妈卧室的情景，后来我问过妈妈，表姨夫当时为何神秘兮兮的，妈说她怀疑是表姨夫与药材公司的实权派偷出来的货，因为那里面还杂有席茬子，像是经过药材公司晾晒过的。

快到那白马桥的时候，几辆警车凌厉而过，对面过来一个卖鱼的老者喊着："不好了！前面一个拉板车的，连人带驴都被轧死，惨哪！"

通往白马桥的这条路，在当时应该算是城市里的外环，没有路灯，杂树丛生，一条污水河与路结伴，经常发生一些群斗群殴，甚至致死的案件。

说着说着，我的车子就骑到近处，啊呀！一片血泊！看到脸孔，我惊呆了，是表姨夫，正是表姨夫！毛驴在他的头上方，奇怪的是，表姨夫的睾丸和毛驴的睾丸都被血淋淋地挤了出来，表姨夫的头部和毛驴的头部基本是完好的，但嘴里都在出血。警察说是汽车或拖拉机碾压的，人也没有生命体征了，无须再呼叫急救。我流着泪帮警察把表姨夫拖到路边，拉出他车上一件军大衣盖上。

一位很有些模样的中年女子伏在他的身上痛哭起来，我猜她就是那店老板，旁边有人指指戳戳、悄悄嘀咕，甚至拉着我的衣袖告诉我："肯定是情杀！那女的后来又勾搭上一个年轻小伙，那年轻小伙是工地上开拉土车的外地人，常在她那里住，就与这板车夫争风吃醋。"我看到那女的胳膊上的镯子正是表姨夫那年不肯给我们的那只。

一会儿，来了位公安头头模样的人，看了看，问了问，多个方位审视了一下，然后就对着部下，也像是对着围观者一顿呵斥："谁他妈的要求尸检？明摆着的事，案情很清晰嘛！交通肇事！车一鸣笛，驴受惊了，板车夫和驾驶员又是天蒙蒙亮正困时，注意力都不集中，怎么能是刑事案件呢！赶快找到逃逸者，拿钱办理后事。死者先送去火化！"这位头头扬长而去。

## 三　表哥的大链盒自行车和唱柳琴戏的女生

那一年的第一场苦霜（我们这里把植物叶子打黑的霜称作苦霜）刚下后，早上我们家还没起床开门，这村庄的队长带着一帮社员敲我们家门。妈妈开门，有些不高兴，问什么事。妈妈教的班里有六十九个学生，前几天她到镇完小听县文教局的老师函授，回来后，她就反复诵读《岳阳楼记》，还讲给我们听。她昨天晚上又批改学生作文到很晚，很疲惫。队长拿了两把黑色的红芋叶，后面的人拎着两串带秧子的红芋，他们满脸堆笑，弱弱地说："苦霜也下了，这红芋该打粉打粉，该削片削片，该入窖入窖。农村人，又开始闲了，想请您让李英武来，给俺活跃活跃文化生活。这霜打过的红芋叶下面条可好吃了，给肉也不换！"队长把红芋叶顺手放在门旁的筐子里，搓着手。

李英武就是我表哥，表姨和表姨夫的独生子。表哥的确是多才多艺，据说上中学时，有一个省话剧团辞职的到他学校当老师，那老师，各种乐器、朗诵、表演、编舞编曲样样精通，他把自己的技艺都传给了表哥，加上表哥记忆力惊人，又是学校宣传队的，很快就能说评书、唱大鼓了。

表哥第一次到我们家来的时候，穿着黑色灯笼裤，梳个大背头，骑着一辆农村人很少用的轻便锰钢18型凤凰车，更显眼的是，那车上装了一个摩擦生电的照明灯管，甚显高雅。他真的很善交际，让我陪着到村庄走了一圈。

牛屋前，阳光充足，好多社员聚在这里，好像在宣传计划生育。表哥往那一站，很是吸引眼球，我也看得出，表哥有一种表演欲望，他手脚、面部表情都在动着。

队长小声问我："这是谁？"

我说："李英武，我表哥。"

"是城南那个说书的吗？"

我说："在城南，说不说书我不知道。"

"是他！"

队长一下子激动起来，快步跑到表哥面前，仰望着，喃喃着："你就是城南说书的李英武吗？是的，就是你！前阵子我到城南李德镇走亲戚，听过你说书，只是离得太远。哎呀！自从出了李英武，多个破嘴不说书！"

没等我表哥做任何表态，他就对正在表演的几个男女吼一声："去，下去！一个个蹦跶得像蚂蚱青鸡似的！"他大喊着：

"社员同志们，今天我们可运气了！城南李英武来到咱这穷地方，大家欢迎他亮亮嗓子！来一阵热烈的掌声！"

表哥真是应对自如，上前几步，侠客一般双手合抱、躬身一鞠："父老乡亲们，是宣传计划生育吧？大家看我人模人样吗？倜傥风流吗？赛得过赵子龙吗？那是计划生育的结晶！我爹是一个运输老板，我娘算是小家碧玉，只生我一个，优生优育优成！为了我这一棵独苗能成栋梁之材，爹在永城芒砀山种过试验田，在濉溪徐口子、在界沟集小上海都种过试验田，取得经验之后才回家乡完婚，在自己肥沃的土地上播种！"

社员大笑、拍手、吹口哨、欢呼，像公驴一样伸着脖子叫，像母驴一样呲开全嘴的牙。

我在寻思，表哥为什么要骂自己呢？多少年后，看了东北二人转，才知道艺人台上骂自己是套路。

表哥第二次来的时候，带了一个很丰满的女孩子。表哥介绍，这是他的女朋友，蚌埠的下放知青，插队到他村的，女孩子大他四五岁。我们和妈妈一起打量过去，齐耳短发，架了副眼镜，皮肤黝黑，人很老实，不善言词，看不出比表哥大那么多。

晚上他们早早地就住在一块。妈妈对此还嗫嚅着，连问姥姥："这不合适吧？是不是让女孩出来跟您住？"

姥姥回答："老古语说一辈子不问两辈子事，我可不管耶！"就作罢。

表哥又来拜年时，带来了另一个女孩，个子足有一米七，眉清目秀的，很会讲话。表哥说这女孩是李德镇粮站站长的女儿，与她妈吵架了，就带她出来散散心。表哥和那女孩在我家不到一个钟点，就被队长他们接走了，有酒有肉的；然后，评书、水浒地说了几个钟头。表哥和那女孩就住在队长刚出嫁闺女的床上，这是后来我们听说的。

转眼，又是一个春暖花开、桃红柳绿的季节，表哥再次来到我们家时，学校正在组织全镇教育系统搞文艺汇演。学校非常看好初中三年级一个叫李爱梅同学的柳琴戏《老两口学毛选》，李爱梅长着双水汪汪的大眼睛，个头敦敦实实，手也宽宽大大，底气足，不怯场，词背得又快，但男主角不行。不知怎么搞的，表哥很快被置换上了，且被校长连叫三声"好"。之后，校长找我妈妈，要求一定把表哥留下："这个节目不仅可以到镇里，进而可以到县里，到时咱学校名气就大了！"确定了表哥后，他们的确都很认真，连续几个晚上，就站在学校后面的桃树林里，对词、琢磨动作，校长还给他们买了麻花烧饼送来（因为学校开支的钱都是校长亲自掌握的）。

的确是得奖了。到镇上演出后，许多人要上台看看这个学毛选的"小老头"，表哥边唱边演奏，那老头的架势又做得那么老到，让人感到他非同一般的天分。到县教育系统汇演后，又被推荐到阜阳地区的共青团系统参加汇演，表哥名噪一时。

也是戏中生情，李爱梅在阜阳颍河大桥西头那大柳树下，紧紧拥抱着表哥，表示一生非他不嫁，不论家中有几房，她都无怨无悔。回校后，她的成绩急剧下降，不久，她就班师南下，正式住在表哥家中。又不久，李爱梅失踪了。表哥这时已组建了自己的文工团，在方圆百里名气很大，李爱梅的失踪对他来说是个很大的打击，他井里、河里地找了三个月，都杳无音讯。表哥看到李爱梅日记中有一句话：活是李家人，死是李家鬼。镇上的算命先生给他讲，熟人作案，内鬼作祟，两人一主一从，深夜将其勒死，投入百涧河。显然，最有作案动机和条件的就是家中两房，他开始丧心病狂地折磨殴打家中两个女人，那蚌埠下放学生只挨了一次打就跑了，第二位坚贞不屈，被脱光绑在门框上打也不喊求饶。不久表哥患病，到蚌埠肿瘤医院查治，是胃癌晚期。

在表姨夫"交通事故"一周年之际，我在化肥厂上班已经是工段长，早上吃过早饭就准备走，姥姥说："夜里咱家电话响了好几遍，那电话是在客厅里，可能你们都太困了。该不是那李英武不行了吧？你走那一趟吧！他从蚌埠回咱医院又两星期了，今天夜里我老是梦见英武喊我，鼻涕一把泪一把拉着我的胳膊，说不想走。"

我到表哥病房的时候，他的第二位妻子正坐在他的后面，像垫背一样抱着他。我看着奄奄一息的李英武，连声叫着，他浓墨般黑眼圈里面，露出两只黑黑的眼珠，直视着我，倏忽闭上了。只见他上身剧烈地一震，喷泉般喷出许多鲜血，身子瞬间便软塌下来，缓缓地沉了下去。不知什么时候护士拿了一张床单盖上，嘴里嘟哝着："前天就让你们赶快出院，非让俺又增加一个死亡名额。"


## 四　三亚台风肆虐的港湾里，我们悉数相逢


多少年，我心头常常萦绕表姨一家的命运多舛，非命之殇！特别是看到一些意外伤害时，尤为联想和思念。我执着地认为，他们真正的生命并没有终结，因为那是反自然、反规律，甚至是反人类的。

八年前的一个夏末，为了一家企业的产权出让，我到了海南三亚，飞机晚点的缘故，入住到酒店已是凌晨两点。这个酒店简直是七星级的，豪华、宽大、幽深且迷宫般。同行四人，门卡发到大家手上五分钟之后，再也见不到同伴，当时就感到蹊跷，走廊上只有我的皮鞋和拉箱包的回声。

转过一个区，一个恐龙模样的怪兽油画突兀在眼前，不知道这个酒店要打哪种文化。由于走错了区，折返两次才打开自己的房间，那电装置真怪，你进到卧室，客厅灯就灭掉。我定了定神，喝一杯红茶，漫步到阳台，感受着正在经过这里的台风，依然强劲得让人立不稳。朝海上看，那黑黑的浪在台风的作用下让人惊恐。

奇怪的是，脚下一个小门缓缓地打开了，还有一种嗲嗲的女人声音："亲爱的，请走下来，跟上我，看看我的世界。你不会害怕吧？不怕不怕，有我在，有我在嘛！"我好奇怪，沿

着下面的台阶走下去，蜿蜒着向一侧走，感觉是在港湾的水中逶迤而行。十多分钟的"水中行"之后，又上十数个台阶，走进了一个山崖洞穴式房里。抬眼望去，只见表姨、表姨夫、表哥齐聚在那里。我十分惊讶，但当时并没有感到害怕，三个人都是笑容满面，十分热情的样子，可以看到嘴在动，却听不到声音。表姨夫距我最近，嘴里的金牙闪闪发光，他拉着一个袋子，整只胳膊都伸进去，在寻找着什么；表姨的粉红衬衣领露在外面，不大的白皙的脸很是芬芳，她两腿叠在一起，眼神凝视着我，像是聊天多时；表哥李英武像是身子前倾几下，头发向后梳得洁净整齐，一会儿又环视一圈，表情很是自信。

我向他们深深鞠了一躬，后退着转回身子，回到房间。多少次夜深人静时，我琢磨那个场面，依然栩栩如生，我甚至觉得还和他们说了话，这怎么可能呢？也听说，城南李德镇的人在海南落户的不少，一开始拾破烂，后来卖小吃的、做药材的、搞运输的，甚至干房产的、做金融的，各种店铺汇集在一起，已形成了一条街。

琢磨到现在的结论是：许多害怕的事，到最后，全都能释然的。

原载于《十月》2015年第2期，

《中华文学选刊》2015年第6期转载

# 魏晋的网格

魏晋原本在省政府的一个部门工作。因妻子长期抑郁症，妻子早些年也是因岳母的抑郁症，先后调回家乡。十二年前，魏晋夫妇生了一对双胞胎女儿，岳母大喜过望，从家乡坐长途车来省城"陪月子"。然后，她观察市场上的奶粉、超市里的鸡鱼肉蛋、街道上的公共安全设施、交通警察的敬业程度等，提出一系列女儿和女儿的女儿生存发展的忧患。此后，她不辞辛苦地奔波在家乡与省城的高速公路上。不来的时候，电话叮嘱，不分白天黑夜，有时半夜打来电话，一惊一乍：孩子没事吧？做了个噩梦，昨晚看电视人贩子拐卖孩子，太可怕了！被吓住了。有时正是上班时间，她电话唏嘘一阵，我昨天看到一个案例，一对高中生孪生姐妹同时爱上比他们大二十岁的男人，那男人很坏，让她俩互殴，然后赢家跟他亲热，另一个看着。唉！要是换成一双儿子就好喽！免得顾虑。就怕她们早恋，这社会、环境太诱惑，小孩太早熟！

魏晋的调回还是通过单位的领导给家乡的县长几次三番打

招呼，最后安排在一个社区工作。县长歉然，说实在没有位子，单位领导歉然，觉得毕竟在省城工作十多年了，有点屈尊。半年后省城原单位又以原单位干部名义安排他去新加坡培训半年。回来后，社区归属了经济开发区，也升格了。魏晋享受同级副职虚职待遇，主持观稼台网格工作，老百姓开始称他网长，后来是魏网长，再后来，就是魏王（网）了。魏晋人长得很帅，一米八的个子，天然的卷曲发型，而且他又特别讲究发型的，两只深深的酒窝，比美女的都迷人。新加坡学习回来后，他又多了一副行头：大头皮鞋、牛仔裤，无论春秋冬夏，上衣必是大黄颜色，身挎一个皮包。魏晋的性格不疾不徐、不温不火、不卑不亢，但做事认真，容不得马虎。他有一个爱好是烹调，做一手好菜，全城的各处小吃都能评说个一二。他自己做的烧黄鳝、烧老鹅、烧狗肉、酱驴肉等深得开发区领导青睐，以至于市里县里来重要的领导和投资者，常常来开发区食堂吃饭，指定他亲手搞一两个特色菜。一次，办事处书记打来电话，确定晚上到他家吃酱驴肉，那晚上书记不仅吃得高兴，而且把酱驴肉的特点点评得头头是道，原来他也是个美食家，魏晋像考试得了百分一样喜滋滋的脸通红。临了，魏晋又给书记拿了几双蓝色和黑色的袜子，说早上我从你记事板上看到你明天要与韩商谈招商引资，袜子不能再是白色的了，那不是正规场合穿的。书记站成立正姿势点了根烟，然后眯着眼说，魏晋你有一副女人的心肠，细致、关心、善良、友爱。以后，我们碰到女子难缠户，你上！能发现软肋，准奏效。历史上以女克女总是败笔，以男制女屡试不爽。

网格的工作定义是民生。网格内的苍生安泰：有活干，有饭吃，遵章守纪，计划生育，邻里和谐，经济发展。现在，更多的精力都指向建造新城和协助经济开发区，棚户区改造的任务有，动迁两条城区主干道延伸路段任务有，参与东部产城一体会战任务有，桂方河两岸景点开发有，一句话，使命光荣，责任重大，为拆而迁，为迁而拆。每当周一大早会时，大家都是激动着，宣誓般表态：宁可拆掉一房死，决不蹉跎半晌生；畅通自己的路，让挡道者无路可走！周六周日经常组织小会战，"五加二"、"白加黑"在这里是常态。网格会议室里经常有两眼通红、气充丹田、汗湿毛发、胸脯急剧起伏的，言之凿凿、句句铿锵，举起右手，或挥舞左手，那后边的确有鲜红的党旗，那是靠整个一块墙壁设置的党建专栏。当然，他们也有休息的时候，接连几天的大雨，一个小会战得胜回朝，他们常常吃在大排档或某同事的亲戚开的较小的私密的小饭馆，倒不是为了躲避纪委，纪委也看不上那藏头露屁股的小店，只是为了省钱和放松身心。

早上七点不到，魏晋冲了个澡，吹好了发型，大黄的长袖T恤衫，照例是大头皮鞋、牛仔裤出门了。他干得很满足、很充实、很高兴，对比省城的机关工作，一张报纸一杯茶，他觉得尽管在这里位子很低，但这有意义，又在家乡，每一件微不足道的事办成了，都有尽孝般的感觉。办事处书记很会调动大家，总能一两句话就直抵人心，见到他常很神秘而又充满诱惑，魏王，他也是这般称呼他了，你是贵族血统，从米箩到糠箩，然后呢？苦其心智，劳其筋骨。然后呢？哈哈！县长也常常问到你，你就一门心思干吧。暗示的确是有效用的。

照例，他来到彩霞牛肉馍六部，彩霞眼睛的余光发现了他，或许就一直等待他的出现。当他跨向餐桌的时候，彩霞佯装去后堂，擦肩而过耳语几句：等几分钟，这一锅焦化的不好，油放得也少些。片刻后，一碗咸豆沫，两只剥好的茶叶蛋，一盘黄澄澄的牛肉馍，一只独头紫皮大蒜，由彩霞亲自端上，同时还带来一条热毛巾。彩霞轻声嗔怪着：干吗呀！班越上越早，饭越剩越多，心思越来越重，给我的电话越来越少。她没等回答，也不需要回答，就径直走了。魏晋张开大嘴，先放进嘴里一大块牛肉馍，烫得出了眼泪。他自言自语道，香！香啊！然后又是一大块牛肉馍，没等咽完又是一块。他左边看看，指导着一个外地模样的食客说，牛肉馍，是传统小吃一绝，只产在这里，你走遍全世界再也找不到，但是美食要有美食法，你那样吃不行，感觉不到美味。听你口音是江西樟树人吧？老表啊！不能一口馍一口蒜，再吸溜一口咸豆沫，那样混合着什么味你也品不出！至于到胃里怎样混合咱管不住，至少在口腔这个最关键的人生享受点，不能马虎，不能潦草，否则，你就不要吃牛肉馍。那么好的食物你就像一碗麦麸子掺和搅和着就下去了，特别是这彩霞牛肉馍店，配方是祖传下来的，是那些垃圾食品不能同日而语的！吃牛肉馍讲究"打满壮足"，然后这配套的咸豆沫又讲究"沟满壕平"，按我这个办法你再品品、再咂摸咂摸，牛肉馍香到后脑勺子，咸豆沫浸透胃外边！周围的人都笑了，那樟树人一番如此这般，的确是由衷地发出赞叹。

魏晋这才拿起一个鸡蛋，慢慢吃着蛋白，把蛋黄放在盘子里，一直向他微笑着的彩霞又走过来，拣起蛋黄放在自己嘴里，"浪费，多好的食物。"

"你那茶叶蛋不够吃的？偏吃这高胆固醇？"

"我想，我愿意，我犯贱！"

那是掩饰不住的陶醉和快乐，热辣辣的眼神专注地望着魏晋那喝咸豆沫蠕动着的酒窝，她又带来一条毛巾，并覆盖在他的一只手上良久没动。

魏晋和彩霞熟悉的时间已有几个月。也就是魏晋常来光顾她的生意，又常常赞不绝口。当然，魏晋的赞美是有质量的、高水平的，甚至是严肃的、矜持的、不苟言笑的，迥然不同大众流俗。开始来的几次，甚至与店主人没说过话，但店主人已经注意到这位颇有些气场的人物，他的到来已经让店主人彩霞些许有些心理上的压力，这是一种客大压店的效应。彩霞已经有意无意给他留座，加些免费小菜，像腌桔梗、腌薄荷、酱黄瓜之类。终于有一天，暴雨如注，几乎没有几个食客，魏晋依然是大头皮鞋，上身外加一件鹅黄色运动衫，波浪发型没有因雨打湿而乱方寸，店里服务员们观察，下大雨时，他的伞首先顾及的是头发。彩霞已无比激动，她的理解里，魏晋完全是为了照顾自己的生意，她甚至已经知道，魏网长姓啥名谁、何方贵干，魏晋已经成为她心目中她的小店平稳经营的定海神针，或者说形象代言人。

"彩霞，你是我观稼台网格的人，打算啥时归队呀？"

是他，是他的声音，终于不再沉默，一经发出就直击心灵，彩霞有些晕眩了，她转身望过去，自觉脸色绯红。她顿了下，从保温筒里倒了一杯绿豆茶，轻盈地扭动着腰身边走边说："领导，其实我们早知道你，不敢高攀，撇开其他不说，就你不停地来店指导，就给我们带来多少生意啊！该怎么感谢你呀？"他们面对面地坐下了，叙了很久，愈加融洽，只是魏网长镇定自若，一本正经地谈工作。大概说了些希望该店继续做大，做十几家、二十几家，更多的连锁店，甚至上市，成为观稼台网格飞出的一只金凤凰，他还讲到了台湾的几家茶社联合一起就能上市。他希望让更多的人知道彩霞店，可以不知道观稼台网格，还希望培养出一批店长，甚至职业经理人，之后，彩霞能回社区回网格上班，不再停薪保职。彩霞不停地点着头，甜蜜的微笑一直布满脸上，一双白皙的手托着的脸几次从双手中滑落，沾上了衣袖上的面粉，她这时涌满心田的是一种奇怪的念头，这个空间，任何人，甚至一只蝇子都不能侵占，她要把对魏网长的仰慕溢满这个空间，更重要的是，要让对面这个人感知到！

窗外的雨下得小些了，彩霞轻轻地问道："领导，咱们网格的办公地现在在哪？我可以去看看吗？有你这样的领导，我以后还想上班。"

"在中医药商会新建的四十层楼上，他们分不下去，三十五层以上成为我们的办公地了。你去，一定去！我会亲自接待你，陪你参观。"

临出门，魏晋斜着身子，乜斜着眼睛问过来一句话，你有个姑姑梅咏冬老师住在老县委家属院吧？噢，就是正在扩建的养生主题公园。彩霞回答，是啊！您怎么知道？魏晋挥一挥手就消失在小雨中了。

为此，彩霞一上午都在纳闷。他怎么知道？他问这是什么意图，这与我又有什么关系？她还多次揣摩魏晋当时的形体动作，那侧着的身子，尤其那乜斜的眼神，她生怕因为姑姑梅咏冬而影响了魏网长对自己、对本店美好的情愫。原来，他那酒窝换一个角度看还是有点瘆人的。

躺了一个下午，老是做梦，醒来依然感到倦怠。干早餐这一行，凌晨三点就要起床，生意就在上午十点以前，然后整理一下，吃了中饭，要补上缺失的睡眠。下午时间很宽松，索性去美容店做面部保养，再整理一下头发，那店老板催几次了，做完这个包月，总部给一次大草原赤峰游。其实她是不缺钱的。丈夫是距县城最远的一个乡镇的镇长，还是做财政所所长的时候鼓捣了有个小百万，据他说是合法收入，一部分税票的故事，一部分与当地在武汉做药材生意合作的故事。他要求她，牛肉馍一定要干下去，长期地干下去，那笔钱放到民间小贷公司生点小钱，永远花不完，又不露富，这年头做官不易，他努力干到副县长就作罢。哪知他筑牢后院的时候，与青阳县考到他乡镇的一位女大学生过从甚密了，彩霞警告几次，也就不想伤神了。你有你的生活，我也可以有我的生活，回想起来，他那琐琐碎碎、絮絮叨叨、拎不起放不下，如果当初自己不是刚工作一年就被精简下岗，万万不会做他的新娘！刚有个人样子，他就想另吃一口。

"赤峰到了，你看这山上山下的七彩世界，辽阔的草原，天然白桦林。"女技师朝她的前额亲了一下，轻轻地唤她一声，说梦话了！又调皮地倒揉一下她的腹部，扶她坐起。她睁开眼睛，自我感觉此时的眼睛异常俊秀妩媚。"怎么又要下雨了，来时晴得那么好，蓝天白云。哎呀！这个雨势不得了，黑云压城，快走快走！"女技师做个飞吻，缓步离开，她自言自语着。

她习惯性地拿起粉红色手机，查看着，有一短信：彩霞，傍晚时分来看一下咱们网格的办公地点吧！有大暴雨，来时加件衣服，最好打车，我等你电话。老魏。再仔细看一下，信息是二十七分钟前，她有些宿命，且富于联想，又感到仓皇，明天就是自己二十七岁生日，这不就是祝福自己生日快乐吗？她兴奋了，穿着拖鞋就往外走，女技师拦下来并夸张地拍着手，真是艳若桃花啊！约会去吧？任何男人都会拜在你的裙下。

魏网长那里好像有卫星定位一样，一路上来了几次电话，位置说得那么准确，他在指挥着她的车前行。最后一次是指挥她从职业技术学院的西门径直前走，穿过银杏路约一百米，见红绿灯左转第一个大院上楼三十七层。彩霞上来了，魏晋首先指向大厅里的沙盘，那闪烁着小星星的就是观稼台网格的鸟瞰图，魏晋介绍了一番然后带着彩霞走进自己的办公室。办公室很大，魏晋忙着解释，咱一个小小的网格长，哪能占这么大的巢，这是以后中医药协会的老总的，但也不知他们啥时候要。这一年没有任何人再过问这大楼了，真是奇怪！魏晋刚刚递上一杯茶，滚滚的雷声仿佛在头上碾压着，很快暴雨如注，又是一声震耳欲聋的雷声，整个大楼的电停掉了。魏晋说，也好，你看看咱们城市的新面貌吧！魏晋示意向着北面的大窗，彩霞确实惊呆了，连声问着，这是我们的城市吗？我们的城市是这个样吗？怎么这样眼生呢？啥时候起来几百座高楼呢？啥时候扯出那么多街灯呢？那像一条银河自西向东，噢！桂方河吧？那竞相跳跃竞相打闹的霓虹灯就是步行街吗？

魏晋说是的，你的店就在它的右前面，只不过，都是三层四层建筑，看不到。魏晋重又把那杯放下的茶递到她手里，她下意识地接过喃喃着："对不起！我平时看到的都是那些引车卖浆者，最多也就是周围的沃尔玛、苏果和大妈们跳的广场舞。""其实你都能看到，只不过你没选一个能尽收眼底的高度，是吧？"

彩霞如在画中，如在梦中，她泪湿眼帘，轻轻地说，我想起两句诗，把它朗诵出来，心里会很畅快：

南朝四百八十寺，
多少楼台烟雨中。

又是一阵电闪雷鸣，诗意的情绪强烈感染了两个人，不知是因雷鸣还是烟雨中的生动景象，她情不自禁地身体向后倾斜，魏网长十分自然地承接了过来，那女技师为她浸润的甜甜的芬芳和她热得撩人的鼻息，两人紧紧地抱在一起。稍倾，魏晋把嘴唇移到彩霞的嘴上，彩霞把舌尖伸进去，同时把下腹部也使劲地挨上他相应的部位。灯亮了，光芒四射，两个人松开了，手依然不愿分开。女羞答答地说，我不会接吻，据说很有技巧。男也有些不自然地说，在新加坡学习有一门选修课是如何交际，倒是讲过接吻的艺术，以后慢慢演练吧！魏网长依然没笑，只是下嘴唇向上蠕动一下，两只酒窝深深地呈现出来。

一周后的一个下午，彩霞电话问魏晋能修"家庭影院"设备吗？她说她很长时间没动过那设备了，突然想看一部大片。魏晋表示可以修，新加坡学习时他经常摆弄那玩意。彩霞说你现在走得开吗？现在就想看。魏晋说他做完三个拆迁户的工作签了合同就赶过去，要彩霞晚上留他吃饭代替工钱。彩霞问他想吃什么，他说蒸豌豆糕、煮汤圆，彩霞笑了：客串女生啊？好啊！我现在就去备料。

豌豆糕和汤圆，另外四个下酒的菜，她都是电话通过酒店外卖送来的，然后换了一身粉红色的运动服，甚至连鞋和头发的发夹也都是粉红色的。她觉得这还是比睡衣要显得正规些，毕竟是自己单位的领导第一次到家里来。再说，与他那不变的大黄上衣还是有些交相辉映的。收拾停当后，她就泡了一杯茶，坐在那里静心等着，连电视也不想再开。她自然而然地想到那一天的亲密，她猜测他也许不会延续着那一天的基础攀高，很可能一切都像是没发生过。他看到许多男人都是这样，甚至是纵然相逢应不识。她的一个闺蜜是做广告公司的，想找办事处书记安排些挂历、会议礼品什么的。彩霞组织的酒场至舞场，闺蜜与办事处书记搞得火热，交杯酒也喝了，拉着手的情歌也唱了，灯光幽暗那一刻，书记紧紧抱着闺蜜，须臾不肯分开。第二天闺蜜装扮得像电影演员，兴冲冲到他办公室时，书记竟毫无表情，找办公室主任联系啊！这怎么能直接闯到我这里呀！啊？我要开会，我要开会。我要个电话让办公室主任接待你好吧。如果魏网长一切从零也好，倒也自然，是个正常的朋友嘛！她胡乱想了一阵，还是焦虑了，伸头向楼下门洞看，没有，过了一阵又看一下，还是没有，刚才电话是不是没告诉他门前密码？她用手机发出个9016，还是没回，她有些失望了，站起来看看灶上锅里，那豌豆糕蒸得鲜艳欲滴，香喷喷的。这时门铃响了！她"呀"的一声几乎是跳着跑过去。

魏晋神情自然地推门而进，既没为来晚道歉，也没在室内走动看看、夸一夸房间布局很合理什么的，就是问一下，家庭影院在哪？就径直走进去。彩霞走出来泡了一杯茶端过去，魏晋低着头检查着线路，又问了一声，饭准备好了吗？中午饭还没吃呢！彩霞一切释然了，顿时对这个男人又增加了几分敬意。

"豌豆糕、汤圆端来，就在这吃。"

"还有四个下酒菜呢！喝两杯吧？"

"也行，边吃边喝边聊边看，我还是在新加坡时买了原版《色·戒》，从没看过。"说着他就从包里拿出光碟。

"也好、也好，听说那汤唯、梁朝伟搞得很热闹，但是没看过，陪你开开眼界。"

"是我陪你吧?"

"陪我，是陪我!"

电影已经开始，红酒每人喝了两下，已被剧情所吸引。魏晋开始大口吃着豌豆糕，彩霞表示不饿，专注地看着剧情的发展，当看到男主角把女主角带到公馆的房间里，从后面猛地把女主角的裙子拉下，然后疯狂地拥抱、翻滚、腾挪时，彩霞哎呀一声，就倒在了魏晋怀里，双手轻轻揉着魏晋两边的酒窝。剧情已经是赤裸裸的，电影下的两颗心脏跳得愈发厉害。

魏晋像抱着小孩子一样紧紧抱着彩霞那柔软的身子，彩霞使劲吻着魏晋的深酒窝，左右揉着他的耳朵头发。魏晋的一只手摸向了彩霞的裤带，彩霞说刚才我系成死疙瘩了，你解不开。

魏晋说我是看你这身红色的运动服很性感嘛! 姚黄魏紫，相映成趣。

"什么姚黄魏紫，我是红的。"

"魏紫的本色就是红，肉红色牡丹，没文化吧?"

彩霞起身，"我给你煮汤圆去，不争论了。"

"好的，还在饥饿中，我也饿了。"

"我也饿了。"

到这房间来吧！又香又甜。彩霞甜甜的声音递过来，魏晋循着声音走过去，是卧室，一丝不挂洁白如玉的彩霞从门后扑过来，搂着脖颈耳语着，怕你憋炸了，我从书上看的男人勃起久不出来，要出毛病的。心疼你，我的裤带我也解不开了，硬是剪断的。我刚才冲了个澡。来吧！我也饿了，不愿给我吗……

办事处书记把魏晋喊去了，夸张地拍着魏晋的肩膀，亲爱的魏王啊！我首先要祝贺你，上半年你在我六个网格中拆迁量第一，过了四万平方米，年底时，你带几个挑大梁的、能够拉死泥凹子的工作人员、居委会书记去澳大利亚看袋鼠去！新加坡咱不再去了，有几个少年儿童要学费太麻烦，哈！去澳大利亚也带上彩霞，推广咱名吃牛肉馍，谁不知道你帮彩霞连锁店扩大到十个。交给你的新任务里，还真要彩霞参与，就是她姑姑，那个老钉子户，老县长遗孀。什么遗孀？她是姘头，老县长老的时候给转了正。书记有些气愤了。

"书记、书记，你气糊涂了吧？那不在我的网格！"

"合并了！那个网格长也调走了，这可是县长亲自布的局，魏王！"

"我拿不下，你忘了，县里当初组织五个大组，六十人的工作队，在那里驻点一年，常务副县长挂帅，最后人家梅咏冬仍在丛中笑，常务副县长被她骂得一个星期不敢进办公室。"

"拿下也得拿下，不拿下也得拿下！你有办法。拿下后，就秦王扫六合，九九归一，我滚蛋，魏晋同志！我犯自由主义了，这可是县长的精心安排，谁叫你是贵族血统呢！"

星期六上午九时许，初夏的阳光洒满大地，颇有些热辣辣的，让人觉得精神头是最佳状态。魏晋和彩霞捧着一束鲜花敲开了姑姑梅咏冬的深宅大院。魏晋还是那副行头，只是头发更加波浪，脸上挂着难得的似乎有些不真实的笑容。彩霞还是那粉红色的运动衣，头发是才做的，脸上略施淡妆。他们异口同声地叫："姑姑，姑姑，好想您啊！"姑姑梅咏冬像是一个久病初愈的人，动作迟钝，脸色苍白，灰白的头发散乱着，只是依然让人感觉到她曾经拥有过动人的风韵。

姑姑梅咏冬很是诧异地问彩霞，你带的这位是？魏晋把身上的挎包往后拨了拨，向前靠近一些，姑姑，您仔细看看，您仔细想想，您仔细忆忆，您一定能记起我来。他双手紧紧地拉着梅咏冬的手，然后又接过彩霞递过来的水，双手端过去。梅咏冬眼睛一眨不眨地看着魏晋，不知她是被这英俊的容貌和奇异的行头所吸引，还是极力比对、寻觅着记忆深处的某个图谱。魏晋谦恭地靠近她坐下，那我提示一下，我在五年级时您教我们唱歌，《映山红》、《山丹丹花开红艳艳》、《绣红旗》，还有京剧《智取威虎山》小常宝选段，《沙家浜》阿庆嫂选段。梅老师，您听！魏晋不知什么时候从挎包里摸出一个iPad，旋律激扬高亢，屏幕上显示的是梅咏冬年轻时在河滩垂柳下的一张玉照。梅咏冬泪已潸然，她用力攥着魏晋的双臂，用不容置疑的口气喊着：魏普，你是魏普，当年你的英俊相已初显，我看看，两个深酒窝还有吗？她眯起了眼睛，魏晋努力把酒窝抖搂出来，大家放声大笑。

彩霞狐疑地，他叫魏普？你"魏普"过？

魏晋解嘲着，那时是叫魏普，同学们戏弄我为"没谱"，一气，到中学时我就改名为魏晋，还是学了《桃花源记》受到的启发。

梅咏冬长出了一口气，我今天太高兴了，侄女和学生来看我。你们知道吗？我现在成了人民公敌了，说我是建国以来桂方河滩上最难缠的钉子户。说我和那死去的老头子没有结婚证，非合法婚姻，政府在这里布局养生主题公园，让我搬迁，我从没拒绝过。但是现任的县长就不能找我谈谈吗？县长不行副县长行不行？办公室主任行不行？办公室副主任行不行？行管科长行不行？僵持一段时间后，来了位保安科长，张嘴就是你到底要多少钱？我说，你拿设计图来我看看好吗？这保安科长咆哮着，看图到不了你这一级，他回去就编排我如何精神病，现在安排对面超市搞个小喇叭，一天到晚用极快的频率喊着里脊肉九块钱一斤，芹菜两块一斤，韭菜……

魏晋新收编的网格的东边界风景极为秀丽，那里借助于城郊的波形地貌，一千多亩的土地上建造起森林公园，桂方河的支流蜿蜒穿越其间。晚上灯光闪烁，带有现代意味的廊桥亭榭疏密有致，附近，一环湖的小岛建了几个风格各异的房地产楼群，这原来是一处劳改农场，被置换出去，现命名为"国际桂方流度假村"，已经成为当地引以为傲的地标性建筑。

从上午十点，魏晋、彩霞搀扶着梅咏冬出来，他们就一直穿行在这里，的确尽兴，的确流连忘返。中午时分，在一处农家乐吃了豆杂面条、红烧老公鸡、蒸红苋菜之类，吃得满意，梅咏冬一头大汗，把外衣解开，用手当扇子扇着双颊，连说吃得香吃得香。突然，她指着正前方哎哟一声，魏普啊！我看到夏镇上的关帝庙了，那是吗？是我的幻觉吗？真是老眼昏花吗？原来那离城市十五公里呀，这怎么就在眼前了呢？魏晋说，正是，老师，一点也没错。城市向着山丹丹开花红艳艳的地方长，快长到地方啦！吃过午饭，办事处的商务别克轿车已停在下面了。放倒靠背，让梅咏冬休息。魏晋边说着，森林里面一点半有一场演出，非物质文化遗产，边示意彩霞做点什么。

一刻钟后，彩霞气喘吁吁地走过来，姑姑啊，您那里真是不能住了！早上我和那超市搞喇叭的吵了一架，没成想，他们现在放了两只高音喇叭！您能受得了吗？老魏，您是做大生意的，不是在这国际桂方流度假村有一套别墅吗？魏晋赶忙接过来说，子欲孝而亲不在，五年前我就定下了这紧傍河岸的七号别墅，父母相继辞世，我就想着选一个最疼我最爱我的小学老师当父母孝敬，您是最佳人选，我敬爱的梅老师！您不嫌弃，从此，我和彩霞就和您相依为伴！梅咏冬放声大哭，小魏，我也直说了，几十年哪！那个腼腆憨厚、内向好学小男孩的形象在我心中始终挥之不去。你当时一次发高烧，镇医院误断你为脑膜炎，说没救了，我当时骂了那医生。你妈在地区党校学习，电话接不通，你爹领着疏通桂方河，我说这孩子交给我

83

了，我要啥药给啥药，我父亲在县医院里算是名医，我边问他边给你施治，三天三夜，我没合眼，那时我还没有结婚。魏晋真的不知道这段故事，他呆住了。小魏，这几十年，我做梦最多的是陪你度过的那几个日日夜夜，一会儿你烧得像火炭，一会儿你牙关咬得掰不开，一会儿你尿我一裤子，一会儿你连声喊我妈，甚至抓着我的乳房不松手。

入夜，推土机开进来，梅咏冬那老式四合院尘土飞扬，房脊上的镇宅兽头、片片青色小瓦、飞檐画栋和上面的燕子泥窝、梅咏冬每晚插的几道门栓、老县长和当年分管农业的国务院副总理的合照，以及阁楼上从山西长治请来的关帝神像，都顷刻间灰飞烟灭……坐在对面超市里戴着大墨镜的现场总指挥接到了魏晋的电话，他嗯、嗯、嗯了一阵子，然后连珠炮地发了话：我首先要说，你做了一件大事，一件伟业！我代表县长、代表全县九十六万人民感谢你！现在想给你叩头，想给你官封九级，想给你明媒正娶彩霞！你的委屈还不烟消云散吗？上班？你太机械地理解"上班"，上班非要在你那屁眼大的网格子里？地下党上班就是和美女间谍在床上，你也早已在床上了。说白了，半年内你就是当好梅咏冬的男保姆，像当年的李莲英服侍慈禧太后，要百依百顺，每天擦屁股都可以！你排一个半年的行程，先去上海、北京给梅咏冬查查身体，再到普陀山、奉化、承德避暑山庄转一转，然后到东北长白山纳凉，大雁南飞时，就到海南住两个月。不要问花多少钱，连一天的过渡费都用不完，何况这工程已经三年了，三年了啊！占压了多少资金啊！县长、我，急得都想咬人！彩霞的编制县长签批了，今天下午现场签的。她的牛肉馍总店，让企业办主任先兼店长，作为企办室直办企业，哈！个体户转国企了！还有一句顶重要，顶顶重要的，决不能让梅咏冬上访！县委书记提拔副市长，县长接任县委书记，都已经入围，就是这几个月的事，千万不能因为我们的工作没做好给搅黄了！全拜托你们两个金童玉女了。我们办事处因为你的艰辛付出真是功勋卓著，要彪炳史册了，等待庆功吧，魏王！电话挂掉。

桂方流度假村后面的小广场上，各种鸟儿欢叫着，流水潺潺，初夏的朝阳洒满这里每一个角落。魏晋的行头只剩下一个包，那里面是梅咏冬的药、小零食、兰花小茶杯。大头皮鞋已经变成老北京布鞋了，他还提着脚向梅咏冬解释，姑姑，昨夜您一讲有些发热，我触电似的起来，这大头皮鞋没穿好，下楼梯时摔了一跤。我就甩掉了几年一贯制的大头皮鞋。北京老布鞋啊应急最好，轻便柔软，没有响动，不至于惊扰您。梅咏冬有些难为情，我是太邪乎了，昨夜一量体温才37.1度。不说了，失眠了，还是想和你再说几句话，以后别怕麻烦啊！你能陪我一年，我就能多活五年，这是确定的！魏晋更加紧紧地拥着梅咏冬漫步在这广场上，比亲娘还亲。从后面走过来拎着牛肉馍食品盒的彩霞面带愠色，老魏，看你把姑姑拥的，不老也让你抱老了。噢，姑姑，你这几天气色真是好多了，从后面看，你这发型又扎成马尾，还真是风姿绰约。人都说，侄女仿姑姑，现在姑姑倒像侄女一样充满青春活力了。梅咏冬很开心地说，这几天你们真是辛苦了，把牛肉馍先放在这台子上，我坐在这听一听那iPad中黄英唱的《映山红》唱得特别致！你们沿着广场转一圈，回来再吃饭。

垂柳桃花在头上身上摇曳着，魏晋说，用过早餐回到住处，让姑姑穿上和你一样魏紫颜色的运动服。

"你什么意思啊？"彩霞眼瞪得老大。魏晋径自说下去，"人会因衣服使自己心情好起来。我们去夏镇关帝庙，回来时路过雷庄养殖场，买他两百块钱刚生下来的小猪割出的蛋，晚上我给她做孜然猪蛋蛋吃。不要说是什么，给她一个惊喜。入夜，我们陪她做个足疗，我已跟新来的扬州师傅约好，修修脚。"

"你就这样柴米油盐地当日子过了啊？"

"你的时间我也安排好了，上次看电影《色·戒》刚进入情景还没有入胜，你就管自操作了，安顿好姑姑后，我们今天看完，这别墅里的家庭影院效果更好！"

"那还不就是柴米油盐加个酱醋茶嘛！"

魏晋下意识地用手插入有些凌乱的头发里，目光投向远方，"哪能所有的人都是威武雄壮、叱咤风云、指点江山、闪亮登场啊！咱们的投入咱们的付出很可能就是不足为外人道也。"

原载于《山东文学》2015年第7期

# 那一年真冷

一

阔大悠长的走廊里，隐隐约约传来一个熟悉的声音：找柳林，我找柳林！告诉他我是邹林。那嗓门又提高了继续喊着，声音里还夹带着喜悦甚至笑声。是一顿训斥将这个声音扑灭了。我当时在和几家部门的同志商量加快推进国企改革的事。

"省里又召开了高规格的会议，要求加快国企改革的进度，提出了最后的时间表，最迟到明年三月份，小微亏企业的国有资本全部退出来，省属大型企业也要有国退民进的具体措施。省长亲自坐镇并强调，工业副省长讲话时做了自我检讨，说是自己的工作力度不够，摆花架子，然后严厉批评了一些地方走过场。他讲到个别地方的化肥工业甚至让煤炭贩子承包，拼几年设备，留下一堆破铜烂铁，拍拍屁股走人啦。这好像批评我们的高县。你们真要好好地抓一抓，推一推，不当先进，也别落到后进。"市长昨天晚上十点打来的电话。其实省里的这个会议，我和几家部门都是参加了的。他重复了一遍，相当于再传达，再提高认识，再次督促我们。

难就难在职工的安置上，为落实市长电话又讨论了一个上午，然而，又是一次无果的会议，留下一屋子烟雾牢骚，社保、工会、审计、国资，最后一致指责，高县那工业副县长是辣疙瘩刻小孩——菜货！给了那么多优惠政策，他都解决不了问题，越拖越麻烦。听说，上周他去化肥厂调研时，十多位女工硬是围着他不让出来，最后尿一裤子。国资委的国资科长眼上挂着老花镜，操着浓重的河南口音：你们组织上咋能用他管工业，俺爷辈子！俺局长让我给他汇报国有工业资产状况，我刚刚说完整体的资产负债、效益、产业产品结构，特别是化肥厂与供电公司与银行的三角债，煤炭贩子怎么入驻的。他把我的汇报材料一摔：我不听这个，我是学植保的，我只想知道，面对这密密麻麻的蝗虫一样来来去去的下岗工人，需要什么品种的农药和多大的剂量喂人，才能平静下来！我材料一装，扭头就走，甩下一句话：我们县六集镇有一家农药厂，生产1605，毒鼠强也有。但是那老板春节时开车，在阜阳与火车相撞，碎尸三段，你去找他吧！我怕熊焉，我年底就退休了，你年轻人说话那么无情、无理。

几个部门的同志为老科长的幽默击掌叫好。

我的心态也有些浮躁，我说，现在是什么意思也闹不明白了，现挂职下来的就是分管工业、安全、环保，就这几个部门难搞。有类似正式工看临时工干的意思，最终让谁承担这些责任呢?

几个人抢着说,谁不知道,这个挂职副县长是市委副书记的亲戚,五河县那个河汊子的叫什么镇的?顶替别人名字上了个宿州农校,在省农业植保站就是个闲差……

门被推开。邹林蹒跚着进来,脸上还带着愠怒,你那办公室的那个刀条子脸是个什么玩意!这当工人的走到哪里身上带有瘟疫吗?额头上刻的有字吗?不让我进,一喊你的名字,他更是凶神恶煞嚷嚷着闭嘴、闭嘴!

我给他倒了一杯水,解嘲着,我的名字能在这里随便叫吗,我是这里的主任,是二十多年前的化肥厂操作工吗?我在楼上操作,你在楼下,一个班你喊多少次柳林、柳林的,有时,还有意识地卷着舌头,浓重着渲染着“林”的儿化音。高兴时,你搂着个女化肥包装工上来了,说是你的第几个妃子。我就奇怪,那些女工没一个反抗的,任你揉任你摸。邹林咧着嘴笑了,依然那样率真,尽管六十多岁了。他说过一生最留恋、最美好的光景就是化肥厂时期,一想到那个时刻,就想喝酒。邹林是先我两年从合肥化工厂调回家乡的化肥厂的,论年龄比我长十多岁,由于他性格的质朴和长相的小毛病(说话大舌头,走路外八字),同事们给他取个绰号叫邹小孩。人很好处,从那时我们就朋友似的,直到现在,极少有化肥厂人找我了,唯有他,隔三差五,不来也会打电话。他对我没有攀龙附凤之嫌,我真实的感觉,他把我当作精神支柱,当然,我也确实给他帮过一些小忙。

"那一年冷吧？乖乖，不是冷，不能出恁多故事，想想好笑。那么多故事直到现在，历历在目，好像那之后就再没有故事了。那一年冷到零下二十多度，老厚主任带着我们打了个大胜仗，化工部长余秋里都表扬了我们，说是皖北的一个县化肥厂，战胜了历史奇寒，克服了派性干扰，连续一个月满负荷甚至超负荷生产，创日产四十吨甚至七十吨的高纪录，有力支援了当地农业学大寨、创高产。你忘了吗？省里、市里、县里都发来捷报，县委书记夜里十一点来看望咱们，给咱带的一闻香饭店的包子。我要求县委书记与咱合个影，那镁光灯咔嚓咔嚓的，咱是第一次见那玩意儿，咱们还让陆大学和闻彩云一左一右在县委书记两侧，县委书记还问他们，你们俩是夫妻吗？说你们这夫妻同在一个厂里的很多啊！彩云怎么回答的你记得吗？她说现在还不是。县委书记很可能假戏真做地哦了一声，明白了是热恋情人：那更要携起手来齐心协力干好厂子。

关于冷的记忆，我的确很多。印象最深刻的是十一岁那一年，母亲带着我们在一所僻远的农村小学的空旷的大教室里住，原本有个炉子，隔壁也有几个住校学生叽叽喳喳，倒不觉得清冷。现在放寒假了，学生走了，山墙上被连日冻雨淋塌了一个大洞，西北风猛灌，烧炉子的煤也用完了，过去都是母亲骑着自行车从二十五华里远的县城带回，现在路上冰冻无法进城。母亲说，走吧，到你哥下放的那个村上去，生产队给他新建了一个小茅草屋，屋里还打了个大地铺，放很厚的麦草，那个队长是你远门表舅，我在东乡教学时还教过他。我们就卷起铺盖走了，母亲牵着我的手，背着个行李，头上系着老蓝围巾。我戴着学生蓝的耳巴帽，母亲把帽带子给我系在下巴上，然后我高高地擎着一把伞。在冻得冰一样的路上，我们蹒跚着，不知摔了多少跟头走完了三华里，走到国道上，一个三轮车夫很同情地跟我们要价一块五毛钱。一路上我的脚冻得疼痛难忍，多次大哭，要下来走着。那是我生命中印象最深的一次旅行。

我没有上山下乡的经历，从学校直接到这家化肥厂，从学校的化学课我知道碳酸氢铵的合成过程，这里完整严谨的生产线，各种化学反应所经过的塔塔罐罐、动力输出、冷热交换、密集的管线、自动化的各种装置，这是一个真正意义的工厂，可以说所有制造业最具工厂意味的就是化工行业。我置身其中，十分满足，十分勤奋。与此同时，政治也让我感到新奇，甚至后来的狂热。各派政治力量的纷争如中原逐鹿，此消彼长。厂里四条大批判长廊上，营造着浓浓的政治氛围，有"宁要社会主义的草不要资本主义的苗"，有邓小平的全面整顿以三项指示为纲，有毛泽东的诗《重上井冈山》、《鸟儿问答》。不间断地组织学习张春桥、姚文元《论对资产阶级的全面专政》、《论林彪反党集团的社会基础》和梁效的一系列文章，也包括当今走红学者余秋雨在《学习与批判》上的文章、石一歌描述民族脊梁鲁迅的文章，也组织观看电影《闪闪的红星》和《巴黎圣母院》。陆大学就是我们的值班长，之后是生产科科长，也是我的师傅。就是几次看电影与闻彩云愈加黏糊，几乎是难以分开了，现在回忆起来他们的那份恋情依然让人感动。

历史的年轮已经转入到"文革"的尾声，人们已用时尚的马克思的话，批判的武器决不能代替武器的批判，精神力量只能用精神力量去摧毁。去代替喊了亿万遍的马克思主义的道理千头万绪，归根结底就是一句话，造反有理；用共产党宣言上的"无产者在这场斗争中失去的只是锁链，而他们赢得的将是整个世界"，替代了"与天奋斗其乐无穷，与地奋斗其乐无穷，与人奋斗其乐无穷"。从化肥厂工人大批判小组写出的长篇大批判文章上经常看到以粗题荧光字引用的《反杜林论》上的名句、《家庭私有制和国家起源》上的警句、《唯物主义和经验批判主义》上的名句，直至被誉为工人阶级圣经的《资本论》的一系列名句。巨幅的国际歌模板钉在厂办大楼的高墙上，夜间也熠熠生辉。类似"无产阶级处于资本主义社会最底层是革命最坚决最彻底的阶级"，"无产阶级只有推翻资产阶级政治统治，废除资本主义雇佣劳动制度，消灭资本家的剥削和压迫，才能得到彻底解放"，"无产阶级革命代表的不仅是无产阶级自身解放的利益，而且代表全人类解放的利益，无产阶级只有解放全人类才能最终解放自己"，我们都能脱口而出。马思列斯毛的头像进入到每个办公室，我第一次感到这些国际共产主义运动的领袖们，每日每时都在指导着化肥厂的工人运动，也第一次深切地体会到为什么说工人阶级是领导阶级。那时化肥厂的工人大批判组以批林批孔批儒批邓而见长，经常应邀到各厂甚至各政府机关巡回批判。

那时的厂级领导称革委会主任和副主任。喻真厚，大家称为老厚主任的就是抓生产的革委会副主任，他对我特别关爱，就像父辈一样待我，见面问长问短，甚至摸摸头，拍拍肩，笑声朗朗，充满慈祥。军宣队、干宣队相继进驻，形成抓革命是军干宣队，促生产是厂革委会，客观上就变成了军干宣队的一元化领导。常常看到，老厚主任见了军宣队长总是先行一个军礼，然后唯唯诺诺汇报工作，军干宣队最拿手的是抓阶级斗争新动向，习惯动作就是批斗人，那一年的中秋节之后，我惨遭不幸。

一周前管生产的革委会副主任喻真厚，也就是大家亲切称为老厚主任的任命了我们丙班值班长陆大学，宣布是在我们丙班班前会上，很郑重的。老厚主任一脸严肃：经厂革委会研究干宣队审核，最后经军宣队批准，陆大学任化肥厂化工丙班值班长。组织上认为，陆大学从合工大毕业后分配到我厂就到化工的炭化工段当工人，一干就是三年，从没有挑肥拣瘦，总是任劳任怨。有理论有实践，家在河南永城很少回家，以厂为家，特别是近段时间以来，总结了一整套稳产高产的工艺参数。这段时间试验这一套操作方法，不仅明显减少因各工序化学反应不均衡带来的隐患，更重要的是实现了稳产。陆大学是我的师傅我当然高兴。工友们说老厚主任最喜欢的俩人就是你们师徒俩。马上要设丁班了，丁班值班长就是你！这一段时间我的确春风得意，工作十分卖力，可以说这套操作办法最初的讨论最初的试验就是从我这开始的。

此前，老厚主任再次在厂级大会上表扬过我，说我是进步最快的年轻人，是化肥厂的希望，经常替他人加班，为领导分忧，亲自提名我为化肥厂团支部副书记，还说党的大门也应该为我敞开。

当然，后来才知道陆大学给我找了那么多生产书籍，并且给我辅导高等教育的化学教程，都是老厚主任最初安排的。

那天，刚刚下了小夜班，我们的女分析工闻彩云让我拎着一盒她下的面条，送到陆大学宿舍我们共同吃。陆大学住在四幢404房间，那两天他同室的造气工小李的蚌埠女友来了，他就来到我的407房间。气温已降到零下八度，室外飘起纷纷扬扬的雪花，一大碗漂着青绿葱花的面条让我们吃得热乎乎的，然后我们就合铺在一个床上，他打开了半导体收音机听着豫剧，我把贴着陈冲画像靠着桌子的那一头让给陆大学，我感觉他还是挺安逸的。在我这个简易的床铺上，我唯恐他不舒适。我说陆师傅，我明天可以拿九块钱的加班工资了，捎带上你的，我们到回民六部吃他的羊三宝去，他嗯嗯地答应着。我又说，姐姐给我买的自行车快寄来了，凤凰的，很结实，寄到后你先骑回家一趟，算起来你快一个月没有回去了，我突然想到，这自行车让他骑回永城的话题说了好几遍了，但车子仍然未到有点不好意思。但我也仿佛觉察到他回家间隔的时间一次比一次长了。我只是觉得这个时期的化肥厂他的确起到挑大梁的角色。他很沉稳，也寡言少语，良久才回了我一句，是加重凤凰吧，车子样子很笨重，质量很好的，上海制造什么东西总比其他地方好些。

蒙蒙眬眬我做着梦，满天的雪花都变成了化肥，田野上的农民笑着，装啊，农民们不论男女一律在头上系着陈永贵那样的羊肚手巾。敲窗的声音把我惊醒，我抬起头，陆大学已经开了窗户，是老厚主任，他披着一件军大衣，头发上挂有雪花，两只眼睛睁得很大，显然他还没有睡觉，他的确很辛苦。他对自己的要求是，三个班的工人都能见到他，夜半敲窗，他已不是第一次了。我已明白什么意思了，他说柳林，夜班饭炒面条，我已安排送到你操作台上，那老造反又借故不来了。师傅愤愤地说了一句话，这样柳林能受得了吗？那老造反咋就不能批斗一次呢？老厚主任苦笑一下，无奈地摊开双手，然后伸过手来抚摸一下我的脸，又装在我工装口袋里两块巧克力，眼角里闪着泪光。

邹林说，是他最先发现陆大学和闻彩云那种亲密关系的，其实不是。那一天我替老造反上大夜班到早上六点，我回宿舍区，推开我的407宿舍时，首先闻到的是只有闻彩云长期使用的双妹牌雪花膏芳香味并有几根长头发。特别是丢在陆大学枕边的一封用生产报表写的分明是闻彩云字迹的信，我只是看了两行就不敢再看下去：我听到你有力的脚步声心跳就要加速，你探过头看我分析指标我就全身涨潮。戏剧舞台八年，面对无数观众，我的方寸从没乱过，婚姻四年，我那教师的丈夫我从没正眼看过，你虽然个子高，但五官并没有什么特色，甚至眼睛不大，你虽然学历高，但仍然是咱工人阶级，我不知现在怎么了？你要回答我！

　　从我所在的车间，经过一个小角门，不到五分钟即可回到我的宿舍，上大夜班时我总是早六点多钟回到宿舍，刷刷牙，洗把脸，精神一下，再回到车间，这天早上，我回去的时候，陆大学应该是刚离开宿舍，也许是去厕所了。我看到那信后，胡乱地刷下牙，擦把脸逃也似的离开。


二


　　邹林来电话，邀我中午去洗澡，说是涡河北岸新开一家温泉洗浴城水很深，这周末一泡，疲劳皆除，又邀我去狗市，说狗市非常红火，花鸟虫鱼什么都有，他的一个侄子早几年在那里搞房地产，门面没卖出去，这下火了，全部做了服务业，还问能不能争取一笔项目资金。最后又说一件大事差点给忘了。就是当年那个倪副队长的儿子，昨天打电话找到他，说是跑运输路过这里，车因违章被交警给扣了，不知咋地就找到了我，知道交警队长是我侄子。你听我怎么回的吧，喂，你参是谁？噢，有印象，倪副队长是吧？我们工人文化低，刚开始，都叫他儿副队长，他就纠正说还有人字旁哪，俺说你那是人吗？那时他就哮喘咳嗽不停，俺判断他是肺癌。现在还活着吗？什么？八十六岁了！哎呀，俺高县有句俗语好人不长寿祸害八百年，反正早晚死在肺癌上！说过，我把手机关了。柳林，我给你出口恶气吧，我们英特纳雄耐尔就要实现的时候是他使的坏招，是他把欧仁·鲍狄埃捏死了，是他葬送了整个化肥厂，想到他我能拿刀子穿死他。这次如果是他来咱县我非打他个七窍出血。想当年涡阳县化肥厂能与咱比吗？咱是五九年建厂，余秋里给咱题的厂名。十年以后，涡阳化肥厂开始筹备，我们去了三十人的援建队，我这样一个中专生到那里相当于设备安装的总工，老厚主任去了三天，他们的工业副县长端吃端喝。陆大学不就是元气大伤后被人家要走，刚到那里就是生产科长，仨月后就是副厂长，后来还当了副县长，再后来就不知道了。你该知道涡化的情况，听说人家现在销售过七十亿了！俺是一个退休糟老头子了，只知道咱那化肥厂夷为平地了。多伤心哪，就是那一次严寒，天灾过去了，人祸没能躲过！早知这样，我在合肥也不调回来了，人为啥非回家乡呢，许多时候家乡是个美好陷阱，为了家乡葬送了一生的前途。说这有啥用呢？

的确，就是那一夜我为那个老造反顶替夜班，早上交班之后，我已如丧家之犬，奔回407宿舍，顾不上闻彩云的那几根长发，和衣而睡。睡得正香时，有谁砰砰踢门，我很是气愤，猛地打开了门，来者正是倪副队长，他龇着牙，不停地仰脸咳嗽着：我是干宣队倪副队长，我正式通知你，你从现在边上班边写检查，你就是阶级斗争新动向，今天的班后会是学习《红旗》杂志的"批邓反击右倾翻案风"，批三项指示为纲，你为什么交掉班就扬长而去？我真是诧异，一边系着裤腰带一边辩解我是丙班操作工，那是乙班呀，我只是顶岗。"顶岗就不参加学习，什么混账逻辑，据讲昨天夜里夜班饭还送到你的操作台上，典型的修正主义苗子！我们已经调查了你的基本情况，你父亲成分是工商业兼地主，'文革'初期集训时就被批斗过。你进厂之后，就辨不明方向，捧着业务书学呀学呀，不关心政治行吗？邓小平为什么再次下台，写吧，看你年轻认罪态度好点，争取批斗一到二次过关。"

十时许，厂里的高音喇叭播送着小评论：柳林你向何处去？措辞激烈。

十一时许，军宣队负责人找我谈话，据说那评论就是他写的，他是一个连指导员。摇晃着腿，皮鞋很亮，他不像倪副队长长得那样凶神恶煞，但也没让我坐下，我足足站了十多分钟之后，他在看一本《解放军文艺》，然后打量了我几眼说，不能只是进厂学技术，不能只是埋头拉车，不能不尊重军干宣队领导，琢磨一下吧，到底向何处去？甚至一位小战士给他端来一缸子米饭、一份米粉蒸肉，他吃了一半才挥挥手，示意我出去。走出厂门，我才敢放声大哭一场。

"柳林你向何处去"之后，有好几个版本。版本之一：那灰褐色美术字标题的小评论当夜被撕掉，有人说是贫宣队（后来又进驻了贫下中农宣传队，由乡镇干部和农村回乡知青组成）所干，他们的目的就是学大寨超纲要，要化肥，当然要反对这种行径。版本之二：杀鸡给猴看，认为老厚主任抓生产过头了。版本之三：干宣队进驻后"揭盖子"和大批判都不如军宣队，即使这次小评论也是落款为军宣队。

第三天的班前，邹林买了两盒烟，散给大家，唯独不给烟鬼倪副队长，他拾起一块砖用手掌一砍，断成两截，然后大吼，除非不是吃粮食长的，才不让咱好好生产！

下午两点时闻彩云让我给她做"一刻"和"半点"的分析，说出去办点事，过一会儿笑呵呵回来了，摸着我的头，猜我出去干什么去了？是不是卫生纸透了，回家换去了？这时我已初步学会了开玩笑。"怎么就想到茄棵子里去了，好事啊，老厚主任要为你压惊，在北门口回民六部。"回民六部我们去吃过好几次了，倒不是因为是国营餐饮，给吃，更重要的是那六部主任是厚主任的内弟，回族待人就是格外热情，的确有宾至如归的感觉。

我看了看刚买的十七钻上海牌手表，不到五点就走出宿舍了。因为闻彩云一定要我接着她，她穿着一条绛紫色的条绒裤子，豆青色的中式袄，天蓝色的围巾像红领巾样式系着，面色白里微透着红，双妹牌雪花膏的气味依然浓郁。后来我曾经问过她，为什么双妹雪花膏在她身上就比其他人身上好闻呢？她说你好好琢磨呗。她很温柔很亲情也很率真，坐上我的自行车后，她紧紧揽着我的腰左右手扣在一起，过一会儿，又将右手插在我的裤兜里，我有些难为情，但又觉得很受用。

"陆大学今天也去，他肯定又是那一身海军呢，他真的很喜欢那套衣服，那也不能老是穿在身上呀，让人觉得是赁的，嘻嘻。"闻彩云发表谈话。

"他那衣服可以让他穿出人样、魅力，他就乐意穿吧。你说我吧，现在就喜欢穿咱厂服，装扮得大人样一些，我这时的个子还没长起来，属于晚长的那一类型吧，身高才一米六，体重四十五公斤，头发就是搭在前额上，咱那管焊师傅刘老肥最坏，说我像高中一年级学生，又让我认他个干爹，他说他六个闺女六朵金花，命里无儿。"

"你说呀，六朵金花肯定是大丰收，至少有十二个男孩叫你爹。"

"至少要娶来十二个女婿呀！"我们都笑了。车子上大桥了，引路是上坡，我蹬不上去，让她下来，她说她偏不下来。她说你师傅陆大学从没让我下来过，我东扭西扭，才勉强骑了上来。我说我这块头儿能跟师傅比吗？她说看你吃饭一点也不少吃，给你们俩一饭盒面条，你总是比他吃得多。

我说师傅很喜欢你的……你的，有意识把话留了半截，卖个关子，闻彩云捶了我一下，我的什么呀，平时说话不结巴嘛。"你唱的豫剧《智取威虎山》小常宝的唱段师傅还夸过你，为什么唱得腔调那么准确？"她问什么豫剧《智取威虎山》小常宝的唱段？"上次一中来联合会演，你那小常宝唱段技压群芳，让那些高中生们都惊呆了。师傅的手掌都拍红了，他平时谨言慎行的，那一天连声叫好。"

"他是豫东人，当然喜欢豫剧。""岂止豫剧啊，爱屋及乌，还有你嘛，就直说嘛。"喜欢我？我爱听这话，被人喜欢是幸福的事啊，你慢慢就有体会。对了，像你们这茬人高中时就开始恋爱了吧？该品尝的青涩早就品尝了吧？"

回民六部溢出的香味，我们已经闻到了，那时并没有太多的包厢，而且多是八仙桌、长条板凳，多数门上皆有一块白布遮挡着门的上半截，还印有大红的"国营回民六部欢迎您"字样。我们的待遇是高一些，在六部经理办公室，椅子自然也是钢管焊的折叠式，他这个经理办公室最奇特的是上边有个小阁楼，席间可以走上去，自己喝茶，躺一会儿，单独说说话。至今，我忘不掉那个阁楼，它应该为我们那一拨人的情谊拨过火添过柴加过油。老厚主任和陆大学已经来到这里。我进屋子就听到老厚主任那浓重的盐城口音和陆大学略改造的豫东口音，他们好像为加压变换工段四氧化三铁的触媒反应不正常，以致加重铜洗负担，精炼工段处理不掉有害气体，而老是放空而讨论。陆大学说了一些理论上的化学反应的过程，我伸头一看，甚至还在小黑板上写了一些化学方程式，老厚主任认为过去也出现过这样一些现象，提高些控制温度就解决了，他怀疑四氧化三铁的活性，或者说能量。突然，陆大学大喝一声：胡闹吧！让在下面喝茶的同事吓了一跳，以为他俩吵起来了，那时我们喝的茶是茉莉花秆子，觉得很香，至今也找不到那种感觉了。这时，邹林已经来到，他咧着大嘴，问闻彩云，咋了？咋了？是不是你没给大学服务好，他闹情绪。对了还要补一句，回民六部的门头就是砖墙垒的，白石灰衬底，最上一行是"为人民服务"，毛泽东的手题，下面才是"国营回民六部"。

陆大学的声音平静了些，我们听得很清楚。"要考虑到这种四氧化三铁自身的活性生成也要有个过程，然后它才能工作，我们骤然升温就可把它'烧死'，就像肝腹水病人，肯定处理不掉人体各种病毒的。这样吧，再24小时减量生产，休养生息一下，陆续升温，陆续带速，陆续换挡。"老厚主任好像很为难：贫宣队同意吗？他们就是要化肥，军宣队长前天批评了我，说我生产抓得太猛了，说我也是军人出身嘛，是党员勿忘党性，还要给"革命"一些时间，正好，以退求进，我来调度吧。

老厚主任最初是部队连职干部，直接转业到安庆化校读书，小氮肥专业，毕业后就到我们厂任生产副科长，他言谈举止都是温文尔雅，不像军人。老厚主任从阁楼上拿下两瓶五粮液，亲手拧开，交给闻彩云，示意她把每一杯倒上。邹林夺过瓶子说，她那花指只能举分析仪上的瓶子，我来吧。那时用的酒杯还是下黑上紫的陶质器皿，像是出土文物一样，如果炸雷子还有小黑碗。

六个凉菜一次端来，是六部的会计亲自端的，她人有一百八十斤，但五官很是漂亮，人也很水灵，她像是展示才艺，两只手端六个盘子，笑呵呵地说，我特别乐意为你们端菜，我们回民都是亲戚，老厚主任的夫人从辈分上喊我娘（应读成三声的娘，就是姑姑的意思），老厚主任心里知道就行了，不必喊在嘴上，哈哈哈。大家都笑了。老厚主任说清炖羊头烂些、红烧牛脸香些，你亲自监工吧，过一会儿来喝酒。老厚主任又谦谦地挥一下手。

闻彩云把她的酒盅挪开，对着我说，这——几——天——啊，特殊情况，下次再喝。她特别强调这几天我是明白的，大概是欲盖弥彰吧。邹林肯定有酒瘾早已按捺不住，他已端起酒杯倒在嘴里，之后才说，厚主任先三盅吧，三盅之间真是没有劲。也真是没人落下。不像现在的酒文化产生那么多废话。最受欢迎的两道菜是凉拌大白菜心和咸兔子肉，其次是焦炸豆饼和焦炸大虾，邹林伸出头喊着会计再送一盘你们腌的绿蒜来。陆大学突然问，大桃呢？五月鲜呢，不来吗？不是说让她也参加吗？闻彩云说，凭我的感觉，五分钟内必然到。果然，大桃低着头走来了，也许因为她一米七六的个子，习惯性地进屋时总是弯下腰。她搓着手，坐在老厚主任右侧的一个空位子上。那时的人真没有现在的讲究，尊卑高低，很是模糊，她现在坐的就是老厚的上首。也许她是老厚的同班同学，不拘小节。有人说，她是她那个镇上"戴帽"高中建校以来第一个考上大专的学生，快毕业时情窦初开向老厚求爱，老厚婉拒几次她都不理解。她偶然发现老厚在一个黄昏的时候走向了陈独秀公园，她追去了，突然怔怔地看到老厚坐在石条上，他们同班的那位女同学紧紧地站在他一侧依偎着，似在亲吻着他的黑密头发，像是电影《天云山传奇》的一幕。

　　陆大学说，我要认真地敬大桃一杯。这几天真是劳苦功高了，每天十七八个小时监测新更换的触媒，亲自在总分析室分析各种指标。她最早发现醋酸铜氨液中毒，也是她最早发现新换的触媒还不服水土，其实就是那几个"老造反"违反操作规程造成的。他们是想偷懒睡觉，简化了调控的频率。"别提醋酸铜氨液了。"她看到陆大学在小黑碗里倒了三小盅喝下去，爽气地拿过陆大学的小黑碗也倒了三小盅喝下去，抹一下嘴说，"刚才进门时女会计搂着我闻，说我来月经了吧，满身散出的都是那气味，说我别搅扰了他们的生意，羊肉牛肉的香味都被你这味压下去了。就是这醋酸铜氨液加上百雀羚护肤霜的混合味呀。"邹林说我闻着倒是阳春三月时五月鲜桃的气味。大桃说，干化肥厂的人鼻子已无法判断准，无所谓了，酒是辣的肉是香的就行了。老厚主任的心情被感染得非常快乐，说你们真是能闹，我看咱这个化肥厂有你们几个栋梁挑着，就踏实了许多。据天气预报讲，今后将有连续一月的最低气温，可降到零下二十度，甚至二十五度，在咱们这个沿淮地区，这是个罕见的低温，应该是三十年难得一遇。我们是九月份刚刚大修，许多新管道新设备还没来得及做保温，即便做了如果不能正常生产就会因冰冻而爆裂，甚至整个瘫痪。这一关如果过不下去，就会陷入大的劫难，如果一些设备冻坏了，明年再向部里厅里要就很难。那四台压缩机和几个塔放置三年了没用，我已被省煤化厅厅长骂了几次。那是小车配大马呀！咋办呢？陆大学你想想吧，好了，好了，先喝一杯。同端，同端！陆大学酒饮下，用手指相继拿了兔子肉炸大虾炸豆饼，全然不顾地用手拿着吃，但他好像是在想着、思考着老厚主任交代的任务。他常常喜欢用手而不用筷子直接到盘子里拿食物，他说这样吃感到更香。

邹林又倒了半黑碗，莫名其妙地给我也倒了半黑碗，站起来环顾了一圈人，很严肃很正式地说，老厚主任、陆大学、闻彩云还有五月鲜，索性借今天这个机会我和柳林打下干亲家，我那八岁的儿子就叫他干爹了，你们都是见证人好吗？

陆大学说，今天没有你这个主题，你这不是想省酒吗，这么大的事一定要再安排一场。我当然再安排一场，但今天是个安民告示，预通知大家，做好思想准备。邹林回答。

当地的桃有一个品种叫作"五月鲜"。这绰号就是邹林给大桃起的。大桃两年前被抽出到拖拉机站当路线教育工作队长，与拖拉机手们打交道，使之性格更加粗犷。她津津有味地啃了一个羊头，开始骂起了邹林：你个孬孙，真会趁腿搓绳，你厚叔叫吃饭，变成你打干亲家，那你先认干爹吧，我做证人，我和这几位都做证人，就是先认老厚主任干爹，下一场酒再进行你那个项目。我说邹小孩，怪不得你长不大，大家叫你邹小孩你就喜欢跟小孩玩。人家柳林才十九岁，对象还没有，你看上人家了，你让你儿子认人家干爹，我先问问柳林知道制造小孩的过程吗？

陆大学摆摆手，压住了大家狂放的笑声，诡谲地说，让老厚主任话讲完吧，夸大家是化肥厂栋梁，一夸就不知道王二哥贵姓，总得让老厚主任把话讲完吧。老厚主任一直在笑，眼泪流了出来，一个羊眼珠在嘴里打着滚，左手拎着羊头骷髅，右手指着大桃点个不停，然后又指着陆大学不停地点着，那意思是说，你是不是恶作剧呀，这一刻，这个羊眼珠在我嘴里横着，说不出话。那羊眼珠终于嚼碎咽下后，老厚主任拿起酒瓶看着：这酒啊，是古井酒厂的聂广荣亲自送给我的，古井第二次扩建，特别是那些勾储管道、酒罐布局、酒泵都是我亲自给他们设计的，又派刘老肥带队给他们施工。他送给我的酒说是北京第一次获奖的那批酒。聂广荣要求我今后只能喝他的，但我从没去要过酒。我看大家都已经释然了，也就没什么说的了。柳林的确还不到二十岁，担起这么重的担子，这次又受了这么大的委屈，我很心疼！但也是历练，世间可笑的事很多，三二杯酒把它化解掉，就是大人物，就能成大事。来，我再敬你一杯！我站起来，向老厚主任鞠了一躬，眼睛有点湿润。老厚主任又说，闻彩云啊，夹菜别只给师傅不给徒弟，哈哈。闻彩云脸上飞过一片红云，前天你让他又加了个大夜班时，早上六点，我给他买的油炸馍和羊肉汤就送到宿舍，只不过没见到他，但心意总是到了。给陆大学夹菜，是让他改掉手拿的不卫生习惯！

闻彩云啊，又在欲盖弥彰了。她在刻意说明，她是在早上六点才到过我的407室的，我明白。我不能给她揭开，投鼠忌器，还要顾忌师傅的情面。玩笑往真处说就突破底线了。

上了一大盆羊排骨，大家啃着，听老厚主任说着话，昨天县委书记在开完会时，留下他。讲到未来气温骤降，务必要做好应对奇寒的准备。全县人民学大寨超纲要，眼巴巴地看着化肥厂。供电局已经安排，这期间坚决不能停化肥厂的电，煤炭供应问题你们自己解决，资金县里可再周转些。老厚主任说天越寒越高产是唯一应对的办法，不死不活的生产，事故将会频发，隐患连环。陆大学说，的确是一道坎呀，搞不好几处关键设备冻坏，两个月也难开起来。他说他已经研究出一套非常措施以应对，就是快吃快排，超正常负荷，超常规工艺。他说他做了这样的试验，完全可以应对短期的严寒，也完全可以达到前所未有的高产。所担心的是，优质煤炭要确保拉过来，干重活就一定要吃好的。大桃自告奋勇说，焦作煤矿黄矿长他们人很好，在拖拉机站当工作队长时帮过她忙，几次用运输车队帮他解决重要时节节点运不出去的问题。那黄矿长很义气，给大桃表过态，用得着哥哥时说一声，再屙不掉的事我说一个"不"字不姓黄。

不约而同，大家一齐拍手，拍得很热烈！只是邹林小声对着我嘀咕一句：人家想尝她的五月鲜吧。其他人应该都没听见，邹林转身一本正经，也提高了嗓门——他一喝酒后半场就提高嗓门，还要考虑的就是那几个老造反的捣蛋。我最近看那几个刺儿头没有改造好，颍州城南中学八个月的学习班回来后老实没几天，最近又在开黑会。昨天万杰那烧不熟的在班前会时候就敲着饭盒说，马上就零下二十多度，西伯利亚大爷要到咱这住一个月，不如放假，咱哪受过这个冻，在家猫着，照样发着工资喝小酒。老厚那劲头还真是要天大寒人大干呢，干出了事谁收底？还真是要讲究点科学呢，冻坏怕啥？正好让煤化厅给咱整套新的，免得这样老少三辈的设备整天跑冒滴漏，填不平补不齐。这孬孙巴拉巴拉说的还有理似的。我做好准备了，黑道白道全用上，谁敢头长反骨？我那邹蒋庄回民大家族都调来，这年头回民支队真显了威风，真管用！

老厚主任讲他已经安排在淮南实习的那一批中专生明天就

接回。这样每个岗位上都钉上备用力量。陆大学也给闻彩云商量着，奇寒的时候你去总分析室吧，总体管控一下各工段的重要尾气指标，需要有这样一套综合的数据。闻彩云深深地看了他一眼没有吭声。

邹林的形体动作开始大了，他要来酒瓶，转着圈，每人倒了一盅，自己则倒半小碗，一脸严肃虔诚，军宣队天天教我们唱《国际歌》，我们今天认真地唱一次吧。我起个头打着拍子。他的歌喉还真是不错，尽管他说话有点大舌头，但唱歌却能咬准字眼。大家竟不约而同地站起来了。


  是谁创造了人类世界?
  是我们劳动群众。
  一切归劳动者所有，
  哪能容得寄生虫!
  最可恨那些毒蛇猛兽，
  吃尽了我们的血肉。
  一旦把他们消灭干净，
  鲜红的太阳照遍全球!
  这是最后的斗争，团结起来到明天，
  英特纳雄耐尔就一定要实现。
  这是最后的斗争，团结起来到明天，
  英特纳雄耐尔就一定要实现!

老厚主任唱起来，闻彩云唱起来，大桃唱起来，大家都唱起来，一句比一句高亢，老厚主任把我拉到他身边，搂着我，脸贴着我的脸，头贴着我的头，我感到无比温暖，整个三段，我们唱完，不知是酒是羊肉汤是歌的热能，大家热血沸腾，荡气回肠。其中歌喉最高的当属邹林，发音最准的是闻彩云，只看到嘴动的是陆大学。偶尔能听到老厚主任的声音，那是他走调造成的效果。大桃倒是流泪了，我好像眼睛也湿漉漉的。即将分别的时候，我突然朗诵了毛泽东少年时候的两句诗：

自信人生二百年，
会当水击三千里。

那是从毛泽东致江青的信中学到的，当时也并不了解真正的意义，只是认为很时尚、很振奋。第二天上班时闻彩云跟我说，我朗诵的字正腔圆，声情并茂，大桃还把手伸过来揉揉我的耳朵。

三

林弟，林主任，晚上到回民六部，我已安排好，烧羊头、炖牛脸、涮鸡腰、烤杂鱼。酒不改牌子。啥，不一定？一定要来，那年大战严寒时造反头头万杰威胁咱从合成塔上跳下来，我处置的。你当即就说我是英雄，今后时时听我召唤！今天你要不来，我以下岗工人上访不接待为理由，跳下涡河！来吧来吧，我有重要私密给你说。

好吧，好吧。每一次他都说有事给我说，有事给我商量，有事问我请教，有事要我帮忙，其实就是喝二两酒，扯上一通。回忆当年，他好像每一次都能沉醉在当年的一个瞬间、一个片断，讲述一段故事，或笑或哭，他是老了，那段时光支撑着他。人与人之间的默契是难以挣断的，他喜欢跟我交往，甚至发展到后来对我的言听计从，如今，我是经委主任，他已退休多年，除了退休金，他还做点小生意，那就是为十多家工厂送些手套、毛巾等劳保用品，他自家有个作坊式小工厂，四五台破旧设备，三四个帮工（其中有两名聋哑人），五六个徒弟（两个是干装修房屋的兼职）。有时喝多了，他也会自我吹嘘，他是邹林纺织品有限公司董事长，他说能再发展几家客户他就印名片，还准备再上一台无纺布机子，然后买台轻卡。尽管他已满头白发，我常常从他脸上——我估计也只有我能——看到他过去的形象。我刚进厂时，常见他天蓝秋衣领翻到工作服领上，戴着一副墨镜，自行车和皮鞋擦得锃亮，自行车他总是骑到车间的一楼中央，然后猛刹车，身子前纵，脚着地，再下来，那时他也就是三十出头的样子。如果不是走路蹒跚着，倒有几分英俊的样子。他喜欢和女工闹，女工也喜欢闹他。他和大桃有一段说过千百遍的精典语言：

"五月鲜吧，甲烷（$CH_4$）（谐音夹完）现在行吗？这后半夜特别想那事啊!"

"邹小孩,把你的耳朵割掉,可以商量甲烷(夹完)。"

"嫌我的小?谁的大?"

"恁爹的大,让他带点触媒,仨月我给你生个小弟弟,叫小小孩!"

车间电话的两头都是笑声。

后来,倪副队长听说这件事,在班后会上严肃地批评,说这是道德败坏,男贱女浪,损害工人阶级形象。

邹林给我说,男工上夜班到凌晨五点时那东西硬得像棍,女工这时也最喜欢男工抚摸,以后你试试,你咋样搂、抱、摸、亲、扒裤子她都顺从。当然她至少是对你有好感的女人。男人要干净些,不能口臭,不能留胡须,不能黄牙,手也注意防护,不能有厚茧,最好常用些香皂。

邹林有酒瘾,我来的时候可能晚了一些,他自己好像有些酒意,但菜没吃,他赶快递给我一块兔子腿,他自己则是拣了一块牛脸,装满了嘴,腮帮子鼓着,嚼得很响,显得吃得很香。回民六部现在已变成私人的,改造成三层小楼,里面的装修也上了品位,多了文化。邹林说他今天要给我说一大段话,让我有个耐心的准备。难得抓住我一次,我很少能与他共吃饭,我说省经委来的领导,我也让其他副主任陪了,我就陪你喝两盅吧。"那我要是语无伦次,你也别烦。"我说,世上最好的语言就是没有经过梳理的原汁原味的。

我端详着他,头好像有点摇了,只是较为轻微,两只手不停地搓自己耳朵，还发出轻微的哼哼声，猛地，他大叫着服务员，说再加俩菜，煎烧豆腐、红烧鳝段，说是我喜欢吃的。我也不知道他是什么时候观察出来的，他希望看着我大口大口吃下去，那表情是一种期盼。

那一年大战奇寒的关键时刻，去焦作搞煤炭是他陪大桃去的，任务完成得很漂亮，老厚主任评价他关键时刻豁得出、挺得上，配合得好、默契得深。

我清楚地记得，县委书记亲自给安排了一辆北京吉普，吉普车司机说，来时领导有交代，吃住、加油费用全拿县委报销。大桃那一天还着意打扮了一番，平时不怎么戴的近视镜也戴上了，麦尔登黑色呢裤，显示了身材的修长，蓝色的卡列宁装，胸上还别着一枚周恩来喜欢戴的为人民服务的红纪念章，脖子上天蓝色的人工编织围领，外边是紫色风衣，发型是刚刚烫的大波浪样式，甚是大方高雅，颇具工厂工程师风度。邹林不约而同的蓝色高领毛衣，他自己吹嘘是他的老相好编织的。邹林出发前笑得合不拢嘴。那时工厂派谁出差是一种器重，何况是这样一桩重大使命。邹林说，他当时向老厚主任要求，他和大桃要像过去地下党那样，到地方以夫妻名义，大桃强烈反对，说那样就砸了，说不定黄矿长对我就有意思，年年托人带来土特产，热天时还要我到鸡公山避暑，又要陪我到黄河小浪底、云台山。说邹林只能扮作她的侍从，最好言谈话语像个采购员。

焦作矿的接待确实隆重，距县城约五公里的一个城市入口处，是警车，是矿办主任，还带着两个像是技术人员一样的年轻姑娘，携带着两束鲜花。由于路过兰考时，到焦裕禄的墓前参观了一会儿，耽搁了一些时间，矿办主任表示他们在这里打扑克争上游已经两个循环。矿办主任坐上了大桃的车，详细向大桃他们介绍了如何接待，矿长亲自在他办公室做了具体安排，矿长讲大桃是焦作矿的恩人，是矿长的终生朋友。前年，焦作矿煤炭运不出去时向大桃求援，本来就是在永城的一次煤炭运输协作会议上认识大桃，一面之交，但同样的豪爽让他们成为好友。那次大桃为焦作派出两辆大江淮——其中一个还没有上牌照，竟然还是一位女司机开的，可见能用的家当都援助了，十部上海丰收，每部挂两个拖车，运输到最后一天，一部上海丰收还出了车祸，精神感人啊同志们。吃饭就在焦作宾馆，分管工业的副市长出面陪同，住也在焦作宾馆，给大桃住在省委书记来时住的那个888房间。第二天上午看看黄河，电影《大河奔流》拍摄的地方，看看云台山瀑布、开封大相国寺，争取让她住两天再走。

临赴宴之前，大桃又叮嘱邹林喝酒不说事，说事不喝酒，咱来就是看望老朋友的，如果矿长当众表态，我们就是敬酒感谢感恩。宾朋确是十分亲切，开始是用河南的规矩喝酒，主人们敬酒每到大桃处，矿长就让大桃减半，而黄矿长自己则是把大桃的酒倒进自己喝了一半的杯子里。他窃窃交代大桃，市长最后要灌她，到时恐怕拦不住。河南喝酒规矩好像还有个潜规则，来的重要主宾如果不便让他（她）喝太多酒就对付主宾带来的随行。显然主宾是矿长的好朋友，又是女性，矿长主动照顾，大家自然对着邹林了。矿办主任不知什么时候拿来两个钧瓷的小碗，容积应不少于三两。邹师傅啊，我们离曲阜很近，是礼仪之邦，朋友来了要喝酒这是一，我用的两只小碗，是钧瓷前辈所烧，成在明清。钧瓷是我们河南名牌，这碗喝完，事业必成。要喝大的这是二，大桃主任是我们矿长在安徽的唯一朋友，朝思暮想，今天得以相见，席后必然长叙。他又扮了个鬼脸，然后一碗酒倒进口中，矿办主任开始主攻邹林，邹林的角色就是拉近关系，升温情感，当然也是一饮而尽。然后他把两只钧瓷小碗拿在自己面前倒上，我要顺着矿办主任的话说几句，这碗酒吧，我替大桃主任你替矿长，我的确感到，我们的大桃主任为矿长这位朋友感到荣耀感到自豪。她常给我们讲矿长的侠肝义胆，矿长的友情重于泰山，甚至矿长浓眉大眼，果断干练，指挥若定。我们做助手的真是感动！黄矿长也动情了，我陪一杯！管工业的市长咳咳两声，拿过两个小碗，谁说不是呢，俺一看大桃主任这俊秀里透着高雅，故作平常，但掩不住精明，就明白了，黄矿长挂在嘴上感念的这美人名不虚传啊。你就是当年的阿庆嫂，让黄矿长水缸里面一藏，躲过一劫……

　　据邹林后来的回忆，后半场他都记不清楚了，他的角色演完了，演好了，结束的时候又来了几位当地著名的豫剧演员，唱了《朝阳沟》，唱了《红灯记》，听到"临行喝好一碗酒"时，他站起来又去找酒杯。那演员嘴唇通红，身上有浓郁的脂粉气，给他端来自己先喝了一大口，给他留下一点又向他眨了一下描得黑黑的眼睛，当时他一下子十分感动，真是天涯何处无芳草啊，只是那时没有手机，无法相互交换通讯号码。

矿办主任太称职了，第二天的早餐又安排得井井有条，他夸张着昨夜大家如何尽兴，如何气氛高昂，如何矿长与市长最后争风吃醋，如何矿长架着大桃回到旅馆。滔滔不绝之际被矿长对头打了一下才算闭嘴。


邹林这会子竟然是睡着了，口水也流了出来。叫我出来就是让我听你打呼噜呀，邹林，你昨夜干坏事了吧！邹林睁开红红的眼睛，给我倒上一杯，有一件事压心里太久了，我过去对你承诺过在你面前，我没有隐私，今天要对你倾诉了。古人说，乐极生悲，就是那一次和大桃五月鲜去焦作，咱们太成功了，好焦好炭给的够用一个月的，连他们省计委下的调拨任务都给挪咱这里了。老厚主任见了俺哭了出来，等到俺夜里两点，把陆大学喊起来吃的夜班饭。兵马未动，粮草先行嘛，甭提老厚主任和陆大学心里有多舒坦了，连炊事员听了都高兴地吧嗒着嘴。

就是那天夜里回到家，让我吃了一只绿头苍蝇，一辈子也吐不出来了。

他连续骂了三声邵乐云真是个坏种大孬孙，不得好死！邹林那时与马营乡的一个女民师刚刚分手，邹林也占了她两次便宜，但女民师提出分的。原来她同桌的一位高中同学一直追求她，她不置可否，现在男同学部队提干了，又提出让她到北戴河他的营房去看他，那里有林彪的行宫、中央首长的办公区、天然浴场，她动心了，就回绝了邹林这一头。本厂采购员邵乐云听说后异常热心地给他介绍了新来厂的贫宣队队员小程，晚上涡河岸边，两人一见，小程那圆圆的黑漆漆的眼珠一下就让邹林心动了，尽管第二天再看，身子扁扁的，屁股有些下坠，但还是不失丰满。当晚他总觉得小程嘴唇也是厚厚的，脸庞也是红润润的，胸脯更是高耸着，走着走着，他牵着她的手，手也软绵绵的，不像农村女孩经常割草的那种。她依偎在他身上，她说农村人看化肥厂工人伟大、自豪，他觉得她身体的每一个部位甚至说话的声音都像是当时走红的演员陈冲。陈冲演的《青春》和《小花》，他看了五六遍，还买了一本带有陈冲封面的《大众电影》带回宿舍，放在枕边，多次亲吻，邹林说他看陈冲演的电影时那东西多次硬过。涡河岸边的小程倒也大方主动，转过脸来，热乎乎的气息扑在他的脸上。小程问他，我长得好看吗？贫宣队的同志都叫我陈冲，我像吗？一下子邹林就控制不住自己了。在涡河水拍打的草丛中，渔家灯火若隐若现，岸上是化肥厂巨大的罗茨鼓风机永远的鸣响，他把小程压在自己身下了。那一刻他以为躺下的这个女人就是陈冲。这些基本上都是邹林的描述。但他说当时并没想到"揭盖子"，他用当时的政治术语"揭盖子"形容发生关系。回忆起来当时其他的工友也用揭盖子形容此事。他说当时就是感受一下那丰满的乳房，听人说女孩如果是处女，乳房非常坚挺，可以支撑起男人的胸膛。当然当时想象着她就是陈冲，她亮起黑黑的眼珠，异常撩人啊。她头发乱蓬蓬的遮满了脸，眼神有些迷乱，突然喃喃私语，想放在里边吗，看你憋的样子，就放里面吧，别难受了。我给你套上套，嘻嘻，可不是我买的，你们车间发的都是这个，为计划生育的吧。我装了两盒，准备带回家给小侄子做小气球的。抹上一些红墨水，如果从咱车间再充点氮氢气可漂亮了！一切，都在那个夜晚轻而易举地付诸实施了。

结婚以后，许多人一喝酒，特别造反派头头万杰，就在公开场合说邵乐云的那东西大，说是在澡堂里看见邵乐云的大，说他在野地里屙屎，要脚下加两块砖，不然，那东西就要触地。为什么这些人总是在我面前说这些呢，后来我隐隐约约感到，小程与邵乐云不正常。就是从焦作回来的那一夜，凭经验，她像是刚做过那件事。我猛地跳起，大喝一声说，快说，竹筒倒豆，张开嘴必须让我看到你的直肠子，跟他在这多长时间？她哭得刘备一样，全部过程都给我交代了。

邵乐云是小程的姐夫，厂子里进驻贫宣队时，他通过工业局人秘密把小程作为贫宣队员招进来，以后贫宣队撤时，他给老厚主任要求，就把小程留下当工人了。邵乐云的大姐长期有病，小程护理了一段时间，包括在上海的长海医院住院，邵乐云和小程近距离接触就有了好感，但那时并没干真事。

质变的发端还是邹林让小程找邵乐云买一块上海牌手表，那时候一块上海牌手表很时尚的，特别是青工，挽起工作服袖子，左手腕露出手表右手再攥一把管丝钳，就是那个时代工人阶级的标准形象。邵乐云是驻上海采购员，后来还被提为后勤组副组长，自然在五金交电方面人头熟。小程趁着厂里拉零配件的车去上海。当然她还是第一次去上海，想看看黄浦江、外滩、南京路，家乡曾下放过上海的学生，他们带回来的任何一个物件，小程都感到惊奇羡慕不已，得到他们的一块大白兔奶糖喝他们半杯麦乳精都能高兴一天。拉配件的车跑了一天又加半夜，才到邵乐云的住处，司机住在了厂招待所十多人的大通铺，还是上铺。这里没有女铺，小程只好和邵乐云隔着一个布帘子，在同一个斗室内。为了省钱也不排除邵乐云精心安排，邵乐云见小程难为情，还一本正经地说，这是大上海呀，我这地点还算宽敞的，没让你睡在我的床前就是好的。姐夫说这话她是理解的，当年上海下放的学生回家经常临时铺板或睡沙发。当夜无战事，第二天司机去装货，邵乐云陪着小程逛了南京路、外滩，看了黄浦江，还买了一些小礼品和巧克力之类的食品，晚上，约一个物资厅的处长在外滩的船上吃了顿饭。那处长当即就写了条子，毫不犹豫地给批了一块上海牌手表，小程高兴得不知把那张小条子装在哪里。这一天，让小程对姐夫更是刮目相看，高山仰止。大家又都喝了酒，那布帘子便纯属虚设，一切皆是坦途……

邹林挠着头，现在回忆，第一次她为啥那般主动，原来禁果吃了，知道美味了。跟我好了之后，你就断了吧，说是断了几年，邵乐云老龟孙生意做大了，又把她勾走了。那几年，厂子连年亏损，军干宣队又把他叫回批斗了十几场。由于是采购员，哪有经济上干净的，他一气，辞职单干了，甚至连化肥厂的铺盖行李都没拿走。一开始，被永煤集团聘为供销科长，一年后，还是不干，到商丘自办了一个物流中心，说现在干得很大，四星级酒店，汽车售后服务中心，二手车市场，还办起两个阀门厂，汽车检测线、房地产也涉足了。

对了，你忘了？焦作买焦炭之后的第二天，不对，第六天，就是第六天，那一天还是我的生日，陆大学找我，让我找邵乐云买Φ150的铜芯闸阀十个、Φ100钢芯闸阀一百个，为了适应高负荷生产。这些货只有邵乐云能搞到，我去找老厚主任审批资金时，他面有难色说先赊吧，靠面子，焦炭钱就东拼西凑，实在拿不出这笔钱了，邵乐云跟咱这个厂，跟这几个哥们儿感情还是深的。我找到他真是二话没说，干脆利索地拨通了上海那位处长的电话，货很快就送来了，很长时间也没要货款。他邵乐云是个人精，与那处长的交情很深很深。我也的确很佩服他，玩得那么转！

现在啊，他媳妇早就死了，生意大了，他把小程拉去当财务主管了，就是合伙了呗，两人买了车，天天去广场跳舞。前几天给我拉回四箱古井贡酒、四条中华烟、四件商丘咸菜、四盒子熟牛肉，还有两大箱红茶绿茶，说是吸烟喝酒都不让我倒牌子。

一儿一女都在他那里干，总比在咱这吃低保，隔三差五到政府上访，打着个旗"还我工厂，我要生存"强呗。什么不亲呀，这年头姑夫姨夫舅的媳妇三不亲吗？如今改变了，姨夫比

119

爹亲，邵乐云给我儿媳妇的彩礼是一辆宝马，我能买起吗？买不起！买不起姨夫就亲！姨夫就应该比爹亲！邹林拍案而起，勃然大怒，大声疾呼。瞬间，他停下了，恢复了，莞尔一笑，无所谓，天生我才必配佳人！我现在有新的女人了，你猜是谁，你认识她，唉，现在上床不行了，我就来个黄昏恋，很有味道啊。我计划就这样恋下去，下次，你做裁判，听我们俩谈谈感觉，像如今的硬质小麦面，很筋道的。我看到他的自我调节能力很好，顺势开了句玩笑，邹哥，这个时代就是让人快速转换角色的时代，适者生存，你这个性格特征，遇事不慌，宠辱不惊，吃得饱，睡得香，看得开，最是长寿秘诀。再说，邵乐云对化肥厂有功，对你家人孩子照顾，"重用"了小程嫂子，也不违背道德伦理，并没换老岳父嘛！去你的！真会给胡扯。没事了，天大的事跟你说出来就没事了。一把锁对一把钥匙啊！还有两句话，那一次邵乐云的阀门送来后，老厚主任、陆大学双双握着我的手，拍着我的肩膀。陆大学那双手很重，不停地拍，也不说话，老厚主任说他亲自找县委书记，明年给我搞个省级劳模！虽几十年了，我还是要找老厚主任兑现承诺，哈哈……

四

整个化肥厂像是上足了发条的钟，罗茨鼓风机像是脱缰的野马，呼呼在叫，造气工段频繁地上吹下吹，吃到了好的焦炭，再也没有"打疤"的现象，把整个气柜调得老高老高，压缩工段的七台压缩机全部鼓起，排仪表格外精神，热冷交换的水瀑布协奏成巨大的和声，像钢琴一样伴着那高低、长短相间的各种设备冲天鸣叫。所有操作工都瞪大了眼睛，不需要值班长查谁打瞌睡，这种高负荷瞬间不留神都可能铸成大的闪失。进入生产区的二道门前，也是人欢马叫，贫宣队组织来的草苦子麻袋装满了六辆拖拉机，其中还有机手要找大桃叙旧，让大桃管酒喝，厂区那平时火药味的大批判长廊上，以大粗排笔在批判文章上书写了毛泽东的诗：高天滚滚寒流急，大地微微暖气吹。门岗上换成了两个荷枪实弹的工厂民兵，两个小伙子部队刚复员，挺胸收腹，姿势也很威武。连夜班饭都比平时加了一倍，平时几年一贯制的或四根油条一缸子稀饭，或一份卤面一份菜汤，或两个鸡蛋一个大卷子，或四块豆腐一份干饭，或一份粉蒸肉两个大馍，或一份虎头鸡一份稀饭，或一份蒜薹烧羊肉一份干饭，更多的时候是虎头鸡或四块豆腐，虎头鸡实际是把鸡的瘦肉割掉，鸡骨头剁碎，挂上面糊炸后烩成，豆腐也就是四块长方形的放在肉汤子里，多放些八角茴香一类，所谓卤出来的，那卤汤子可以常年不更换的。

邹林跑在食堂里面，帮助卖着饭，边喊着，今天的饭菜少则一人两份，多则不限。县委书记安排食品公司经理亲自送来两头肥猪，连夜烀猪头，明早下班时每人到这领一份猪头肉，来早的是猪耳朵，来晚的是猪杂碎，也不错，下一壶酒，以利再战。吃这么好干啥？战严寒屙化肥，我们的六台煤气发生炉与咱工人阶级一样，吃得全是焦作的供炼钢用的焦炭，再不要咱们揭开炉盖，一根钢钎，几把大锤轮流砸，像修红旗渠那样的，好焦就能充分燃烧，放出最大热值，恁看那气柜号称一千立方米，平时奄拉着跟屙算账似的，这几天像童男子的生殖器，直冲霄汉。

这个夜班会开得很不寻常，平时六十多个当班工人在室内；这次在锅炉房前面的生产区中央，除了当班工人，机修车间的四十多工友，不知是谁号召的；贫宣队长动员来城市周围的七个乡镇书记，共带领着像淮海战役支前民工百十人。军宣队那个参谋远远地背着手踱着步，干宣队倪副队长依然是一分钟几次的下巴上翘，助力咳嗽，七位乡镇书记相当于主席台位置的第二排，前边三位分别是贫宣队长、陆大学、老厚主任。这贫宣队长还要介绍一下，个子很小，人也很瘦，但精干威严，人们说他是磨小但砸麸，嘴小但利齿，手小但权大，声低但呼出就下雨。他的实际职务是县委常委农工部长，说是贫宣队长其实只是偶尔来几次，来时只找老厚主任问生产情况，其他领导一概不理。人说他是县委书记的酒友，他俩常喝酒的地点是任大庄良种场干部食堂，首先是一瓶各半，一饮而尽，再慢品第二瓶。贫宣队长讲话了，工友们，大家看到这个夜班会不同寻常，是谁把高处的一盏太阳灯打开了，顿时如同白昼，但弥漫的都是寒光。这场会是县委书记安排我和老厚主任共同开的，在场的七个乡镇书记全力帮助抗严寒，要先拉走近一周的化肥。我相信没有人跟全县四十万贫下中农过不去，没有人在这个关键时刻充当跳梁小丑，老厚主任就是这场战严寒夺高产的前线指挥，欢迎他讲话。

大家看到了，听到了，悟到了，县委书记、贫宣队长把我们捧着、惯着、养着、顺着，认为我们屙的是金尿的是银，搓把灰能肥万亩良田。老天和别有用心的人想让咱伤风感冒，就地瘫痪，但是有四十万贫下中农用身体温暖着咱，不干对得起谁，县委书记亲自安排杀了四头猪，食品公司经理藏了一头，准备给县委食堂，被书记吐了一脸，大家不感动吗？感动！感动！群情振奋疾呼！这期间，生产就是最大的革命，与生产无关的一切安排都要废除，谁要使坏、作梗、下绊子、装左派，工厂民兵可以打断他的腿，不需要找公检法！他环视一下人群，特别他的余光停留在倪副队长拿的翻开的《红旗》杂志上。老厚主任的黑眼珠吊在上面，露出的全是白眼珠，在太阳灯的反射下，格外寒气逼人。我第一次感到他涵养着的军人的威猛与浩然正气，我的手心都出了汗。

陆大学又讲了一些注意事项，特别是操作工艺的严循和各工段反应温度的密切观察与调控，大伙散去接班。

闻彩云拉着我问穿暖了吗，问你师傅的粉蒸肉吃完了吗，与我约好四点钟她去下鸡肉面，她说打夜班饭时邹林在她饭盒子里放了几大块鸡胸脯，她说让你师傅多吃，这要耗多大心神呀。简直是疯了，一个班相当于过去三个班的产量，怪不得县委书记亲自安排送肥猪。然后在笑声中说了句"我尻怹"。最近她经常在笑声中带出个"我尻恁"，尽管这话出口时，她脸上泛着潮红，但内心的快乐溢于言表。很可能生活在工人阶级里男工友的粗话之中，这是一种防范与回敬，也是一种找补平衡，抑或环境影响人，改造人，训化人。

老厚主任从身后叫住了我，递给我一张领料单，从他一开始讲话就挥舞着这张领料单，他把那张领料单塞进我手里，脸上恢复了往日的慈祥，他说仓库新进一批湖蓝色的防护眼镜，式样很是新潮。你领一副吧，年轻人有爱美之心。我填了一张领料单，我清楚地看到全是他的字迹，右上角是：请发，喻真厚，一九七七年十二月二十号。一股暖流涌上心头。我当时就暗暗下了决心，为了度过这寒冷的日子，为了对得起老厚主任父亲般的关怀，我昼夜坚守在岗位上，如今，后面几个工段的操作我也全部掌握，做多面手，为老厚主任分忧！

合成塔凌厉的放空声音，使所有操作工心头反射出不祥的预兆，陆大学的电话指挥从操作台前传来：注意你的尾气，特别是$CO_2$、$H_2S$决不能超标，让闻彩云连续做这两个指标。我回答明白。我协助分析了两个数据，还好，没有超标，然后端了口气打开分析室瞭望窗口，向合成塔方向望去，放空减缓了些，但显然，事故的隐患并没有排除。塔下老厚主任、贫宣队长、维修工数人在忙忙碌碌，我又一次确认了本工段各项指标都在正常值内，便下楼赶过去。合成工段维修工万杰，在三十米高的合成塔上摸来摸去。最后得出结论，向着下面喊，快停车，快停车，有一处法兰可能在漏气，呲呲的听不太清楚。他双手一摊，又在喊话，咱这小马能拉这么重的车吗？打建厂以来这样干过吗，简直胡来，快停车，爆炸了我负不了责任，啊！

邹林几乎是纵身一跳，上了氨罐，其实他是观察一下氨罐的液位，还处在安全线以下，第二级跳，上了冷热交换器，他用手摸一下，交换器没有异常，第三级跳，他几乎壁虎式爬上了塔顶部。如此娴熟，让塔下的人都看呆了，其实他的特长就在管工和设备维护，化肥厂每年要进行两个月的大修，总指挥是机修车间老主任，那师傅是江南造船厂回来的八级焊工，专长是电气焊，真正的指挥就是邹林。他拿过万杰手中的工具，镇定自若，像医生一样，谛听了几处，摸了摸，闻了闻，脚下踩了踩，对着不知所措嘴里还有酒气的万杰，连续两个耳光：老娘的×，你那是硝场子学的技术，不吃猪肉没见过猪走吗？法兰如果漏气就是弹簧螺丝有问题、纤维垫子有问题，如果有问题你能站在这里吗？怎么发现的？操作工反映，顶端仪表大幅度摆动。滚下去，在备用口装闸阀！俺老师，别骂，我下去，我下去。

邹林对着塔下大声指挥：第一，迅速停掉两台冰机，五分钟后开启，随即加满负荷；第二，前几天从邵乐云那里送来的一百直径闸阀，装在备用口上。

一切复归正常。

邹林的头上冒着热气，他摘下羊皮手套，摘下墨镜，走到陆大学面前作了一个揖，"明知征途有艰险，越是艰险越向前，我恨不得急令飞雪化春水，迎来春色换人间。"他又使劲地拍了拍陆大学，你不要怕，你放松些，为这大进大出、快排快出、高寒高产的操作工艺，我邹林身家性命放上也不在乎！陆大学搓着手，木讷地说了句什么，然后就抿着嘴，使劲地往下咽，往下咽，两滴泪珠还是浮出眼角。

"你就协助老厚主任，指向哪里，我就打向哪里，我邹林能把全厂所有的经络打通！"万杰凑到邹林面前，他的脸几近邹林的脸上，"明天回民六部请你吃饭，正式拜师，但喝酒猜拳，我还是能给你上几课的。"

老厚主任拉着陆大学，小心翼翼地，"走吧，到总分析室，这一战之后，我的确要批你探亲了，从跟我跑北京、跑省城要设备再大修，战严寒，夺高产，算起来你也仨月没回家了。"

## 五

回民六部已更名为中原回族大饭店，法人代表已是让老主任喊"娘"的那位女会计，由国有饮食服务公司之第六部变成了女会计的私有，改制之后的几年曾经吃掉了隔壁一家二轻系统的甜面酱厂。这甜面酱品牌差点被评为中华老字号了，但时运不济啊，这甜面酱厂最后一任厂长是省轻工学校毕业的学生，那时都不愿当厂长，就让他当，一年之后，资不抵债，六部的生意如火如荼，就只好下嫁了。现在甜面酱厂厂长心悦诚服地做中原回族大饭店的会计，甜面酱厂在这里保留一个小作坊，很多人到这里吃牛肉蘸酱、羊肉蘸酱、炸酱面。说北京丰台一带的炸酱面使用的都是这里的酱。

当年的甜面酱厂的会议室已改成包厢，取名盛世厅，邹林在这里等我，卡拉OK正在放着一些老歌曲，他告诉我老厚主任在上海他儿子那里住了一段回来了，提出聚聚，他说不知五月鲜能不能来，总之，都是老化肥没有外码。他说，我进来时这老总就问几位，一个小包行吗？我说不行一定是盛世厅，她说盛世厅给供电公司老总留下了，他们省公司老总来。我没再吭声，大拇指一翘，对着自己的鼻子戳了三下，她说，好好，老主顾，我协调，我协调。柳林你明白，这个盛世厅就是当年我们常吃饭的那个经理办公室改造的。

这大拇指向着自己鼻子戳的动作是邹林的习惯动作，从他那全身上下的老态中，这个动作使我看到他的当年，他的如火的当年。记得大桃评论过这个动作：俺大儿，俺大儿——从合成塔隐患处理后，大桃直接就称呼邹林为大儿啦，她认为"小孩"已经长大，可为她撑门户了。焦作带他历练一次翅膀硬了，可以搏击长空了，合成塔隐患的处理已标志热血男儿报效祖国报效人民！她讲，俺大儿呀，外行人看到你这个动作是霸气是豪气，你比如，对着倪副队长，对着焦作矿办主任那碗酒，对着造反头头万杰，但我看来，你从断奶之后，就经常吃这个大拇指，放不准的时候就这样，在鼻尖上捣鼓捣鼓的，新光棍怕老邻居啊。想着想着我自己忍俊不禁地笑了。脱口而出，大桃来吗？邹林说，你要她电话叫她。他等了半天一曲《山丹丹花开红艳艳》终于让他拿起话筒，他的歌喉还真的不错，两句之后，他问我，唱这支歌想起当年化肥厂礼堂时的情景吗？

噢，噢，已经第七个高产日了，七个乡镇书记已经是缸满盆满，贫宣队长让他们快滚蛋，不要在这里再噬害。要求城北的镇委书记杀头驴来给大家换换口味，要求城东的书记搞个百鸡宴，夜班饭搞一次桌餐，还要求把驴鞭一定红烧得有味，留给陆大学补补身子，以利再战，谁也不能吃。七个书记说要看完县一中的毛泽东思想文艺宣传队的演出。

县一中毛泽东思想文艺宣传队六点半在化肥厂礼堂演出，第一个节目是高三甲的一个非常漂亮的女高音，演唱的是《山丹丹花开红艳艳》，加上乐器的配合和音响的效果，着实让长期生活在工厂里的人们目瞪口呆，欢欣鼓舞。县一中高三学生的文艺宣传队，最突出的是青春焕发，音色准确与否是次要的，就是敢高，使着劲往高处唱。紧接着是《抬头望见北斗星》，还有京剧选段、豫剧选段，歌颂化肥工厂的群口词《严寒算什么》、《爷儿俩逛化肥厂》，闻彩云在高潮时段唱了一曲《杜鹃山》的乱云飞：

乱云飞松涛吼群山奔涌

枪声急，军情紧

肩头压力重千斤，团团烈火烧我心

......

128

万山丛中战旗红

毛委员指航程

光辉照耀天地明！

……

　　那身段，那动作，那字正腔圆，那歌喉婉转，绝对是专业水平。那些宣传队的高中女生，连台后的舞美道具化妆等人员都跑到台上了。

　　演出结束的时候，厂里广播回放着这台晚会的录音，特别是那《山丹丹花开红艳艳》、《抬头望见北斗星》，响彻了厂子的上空，让人感到在这里工作真是激昂振奋、奉献着也快乐着！老厚主任安排团支部的支委们陪学生们吃个夜班饭，那女高音拽住了我说，柳林师傅，柳林书记，我们都知道你是青工中的新星，我们下周就要来学工了，我就到你的车间，你就当我的师傅，说不定我还会爱上你呢！

　　入夜十一点了，老厚主任坐在那淡绿色的木椅上翻看着报表，两边是两个连椅，那只显得有些笨重的木椅成为他的专用坐骑，他一来就必坐在那里，以至于其他人都不再坐在那里了。这些天这总分析室就是一个约定俗成的前线指挥部，无须通知，老厚主任早上七点、中午十二点、晚上十一点、夜间三点准时坐在这里，陆陆续续、陆大学和一些车间主任、工段长都来了；邹林虽然级别不够，最喜欢凑热闹，他一来就必须拉着我来，大桃是这里的主人，自然在其间，有时闻彩云跑来或倒杯白开水，或烧锅稀饭或面条端来。大家话并不多，车间主任简单汇报各工段情况，甚至不汇报老厚主任和陆大学都十分清楚。今天大家似乎更兴奋些，有点像街上卖茶叶蛋的老太太，今天一盆明天两盆后天三盆，甚至三盆还没卖到时间就被抢光。兴奋还应该有县一中毛泽东思想文艺宣传队今天的助兴，那高亢的陕北信天游好像还回荡在厂子上空。今天白开水变成茶叶水，是细细的茉莉花茎，满屋子飘香。

倪副队长进来了，要求老厚主任安排从明天大夜班之后坚持学习两个小时的防止"右倾翻案风"回潮，反对复辟倒退的文章。他背着手，干咳几下，省委、地委领导最近的讲话录音都发下来了，明天先听录音，他说大桃你们带几个女工帮助军干宣队印些材料。他吭吭哧哧地说着说着，一只充满氢气的避孕套在他头上炸了，他眼翻了一下悻悻地走了。

全屋子人都笑起来了，大桃说俺大儿真能，他从取样气的乳胶管里接过来一只气球，背后控制着手阀，就调大了手阀。大桃说给大家报个喜讯，焦作黄矿长又找到了永煤，从永城煤矿又帮我们调来了五百吨好焦，按照陆大学设计的各工段的梅花参数（意思是适应严寒的一套工艺参数），执行下来是可行的，问题就出现在个别工段长还没能够严格控制工艺，陆大学说正是如此。当前一是工段长要严格对标，一丝不苟，在有些工序的连接处真是一发千钧，马虎不得。二是拿下最重要山头的时候到了。永城煤炭的接续，确保我们严寒阶段使用热值最高的焦炭，我们的资金回笼也进入良性循环状态，就是说有钱

130

买电买焦炭了，我看那入驻了三年的"一卧五立"塔群，倒逼着我们启用！一时冷场，连喝茶的声音也没有。老厚主任心里酸楚啊，一卧是十万吨的配套的合成塔，五立是生成碳酸氢氨的十万吨主副反应塔，千辛万苦、千难万险从石化部要来的设备，由于连年的派性斗争，加之这个厂子建厂二十年最初设计只是五千吨合成氨，现在老少三辈设备，数次检修都说填平补齐，按多少填按多少补？还有外部电力的设施也是良莠不齐。"一卧五立"塔群是他当生产科长时要的，安装已三年，始终不能用。不错啊，至少他们吸收了三年的太阳，也该用一腔热能战一战严寒了。处在目前这样一个一方要革命，一方要生产的敏感时期，一旦启用不能安全生产，万一有什么闪失怎么办？你这个陆大学啊，你应该知道我这些莫可名状的困难，你就变样默默地向着云深处、雾浓处、闪电厮杀处、雷雨如注处走哇，第一个向深处走的一定是我喽，不走这一步，抬水后边的是大和尚，前面的是小和尚，水桶怎么能装满呢？

那就试压？试压四小时后，再全面做一次分析。陆大学好像没那么肃然，好像一切成竹在胸，他接过话头说一卧的合成塔冲压试验由邹林负责，那五立的碳化塔群由柳林负责，按照老厚主任安排，四小时后由总分析室拿出数据，如果合格，大夜班交班前试生产，一切悄悄进行。两台离心机就凌晨五点开始改为连续自动化出料。就这样吧。

晨曦熹微中的化肥厂，绝对是一幅曼妙的水墨画，缕缕蒸汽烟雾升腾，追逐嬉闹着蓝天下的白云；大小塔群错落有致涌动着、欢唱着强大的川流不息的液体、悬浮体；那声音是有格律的，你方低吟，他方浅唱，水也在忙碌着，青山着意地冷热交换。热乎乎的化肥已经码放到二道门之外，门卫刘大耳正熊着门外拉化肥的大江淮汽车司机。问他为什么不能少搂一会儿年轻媳妇，早一点来装车。老厚主任胜似闲庭信步地用两只脚一五一十十五二十地数着化肥，可以看出他自己在微笑。刘大耳端着茶缸子就过来了，他瞪着眼睛摇晃着胖脸问老厚主任，这是咋回事，这到底咋啦，咋一直就是这样屙？一口气也没歇就这样屙啊？他表情有些夸张、有些表演但的确是惊愕，是不解的。他跳上去，从老厚主任的平行线上数起来。他突然驻足，问老厚主任5乘20再乘15是多少？老厚说不是1500袋嘛，哎，看你这样的打岔又搞错了，两人大笑起来。

"五立"碳化塔群与之相配套的有一个离心机操作室，后侧有一个小办公室，是操作工吃饭、更衣、放置一些日常用品和工具的地方，这里有两排连椅、较大的暖气包和办公桌。用邹林的话说，上大夜班难熬的五点这个时候，即使是一个泥沼和大粪池子，能让到里面睡上一会儿，也会全然不顾地跳下去。彩云极度困顿又极度揪心，前者是因为连续夜班和较强的工作量，现在的分析频率比过去多了一倍。后者为陆大学，她深知陆大学的心神全部潜在抗奇寒夺高产上，她已三天没与他近距离接触，前一段开开停停的日子，夜班他们是最欢畅的，梦境中一样，就这个离心机操作室后间，那上面让木工钉了一个小木板，摆放着一些双妹雪花膏、牙刷牙膏之类，还有一个他们看完电影《杜鹃山》买回来的小镜子，简单的生活化，他们足够了。特别是这些东西置放好之后陆大学用盆端进来一盆蒸馏水，稍凉，用那一枝梅香皂洗头。闻彩云过来帮他洗，突然他下意识地感觉到与此同时，她的腹部也在他的肩头轻轻摩挲着，她问他感觉如何，他回答水温正好，"手温如何？""37度。""腹温如何？""隔着衣服。"闻彩云照头拍了一下，两人都笑了。洗好，闻彩云用双妹雪花膏在他脸上抹了抹，俩人完成了交班，拎着饭盒走在了下班的工友队伍中。

闻彩云脱掉工作服，今天穿的是胭脂红的对襟的毛衣，她喝口热水，刚想在连椅上躺一会儿，门推开，陆大学进来了，陆大学脸上几处血渍，蓬头垢面，工作服左边湿的右边油污，"怎么搞的？""没什么呀。""你自己看看。"她把墙上的小镜子摘下来给他，用热水利索地给他擦了几把脸、几下头。陆大学低沉地像是哀哀的声音，刚才五立塔群试压，我在它的周围检查了几圈子，可能被挂破哪里，不碍事的，快把暖气再开大些，让我躺十多分钟，我已睁不开眼。闻彩云看着那极度疲惫的神态，泪水夺眶而出，喃喃着，可能不走到我身边还不会倒下吧。陆大学点着头，她把炫目的灯光关掉，坐到他躺下的宽大连椅的另一头，她拉过自己的工装盖在他的腹部，然后解开毛衣，拉开所有里面的衬衣，把陆大学的头部放在自己胸上，她感到，陆大学努力地向上向上，然后深深地将自己的脸埋在她的双乳中间，他力求下埋深埋，她感到胸前的热泪在流淌。她问他的钥匙呢，她摸了他腰间那根不锈钢焊条做成的宝葫芦式样的钥匙环，她太熟悉那串着一大一小两个钥匙，还有一个磨得泛黄的双箭牌指甲剪。她准备拿过他的钥匙，提前一会儿回去，从大门口为他买一碗狗肉汤，放在他宿舍的电炉上。现在没摸到，她怀疑刚才在炭化塔试压时被弄丢了，他轻轻地摇下头，就打起鼾声。

她也困了，不知什么时候，头上有一些亮光她没注意。

是倪副队长，他是因习惯性咳嗽，早早起床，然后，很勤勉的样子从锅炉造气，绕过二级泵房，经过总配电室，再穿过加压变换、取道合成、压缩、精炼工段，到后墙大厕所大便一次（这一次大便约二十分钟）最后来到炭化工段。原本经过的五立塔群是冷冰冰的，今天周围搭建了临时帐篷，众水箱的冷却水哗啦啦冒着云雾，抬头望去，操作盘上的指示灯闪烁着，倪副队长像熟练操作工那样，拍拍塔，谛听，然后，走上绕行的梯子。这五只塔是矮胖式，顶部也不太高，梯子做得又宽大安全，另一头就是通向闻彩云陆大学所在的离心机操作后间，连接处是一个猫耳洞式的小门，倪副队长很新奇地走了进来。映入他第一眼的就是那个亲密的景象，他停了少顷，声色俱厉地审问一番，全是闻彩云的回答。

他压在你的身上有多长时间？

十五分钟左右。

为什么要干这样的事？

你可以看出，我的衣服全解开了，是我要这样做的。

走吧，撕半张报表，把这四句话写下来，等候处理！

九时许，在曾经质问我向何处去的墙壁上，以如此快的速度，简直像是事先准备好的一样，贴出了同样的大字报式样的小评论，陆大学你向何处去？我至今仍能记得基本内容：

今天凌晨，我厂近期以来十分活跃的陆大学，在繁忙的生产车间里做了一件十分龌龊的事，当事人供认，十五分钟左右。这件事的背后，发人深思。

一个时期以来，拼设备，全方位的拼设备，以生产压革命，可以讲生产不可以讲革命成了我厂的主调，一步步一个班次又一个班次，大家清楚地看到，"右倾翻案风"回潮，全面整顿的黑手已经遮天。

陆大学充当了这个回潮的急先锋，他本来就是白专道路的典型，现在为了达到自己的卑鄙目的，拉促生产大旗做虎皮，狗胆包天地拼设备，甚至石化部调拨的一卧五立核心设备，都敢不经请示恣意妄为。败露了，一切都败露了。军干宣队不是不动，只是要让他充分表演！大乱达到大治，军干宣队是正本清源、激浊扬清的时候了！

广大工人阶级们，你们是我们伟大国家的领导阶级，勇敢地站起来揭盖子吧，陆大学的后台老板是谁，陆大学的帮派分子是谁，陆大学玩弄了多少阶级姐妹们，勇敢地站出来吧，揭盖子吧！

梅花欢喜漫天雪，冻死苍蝇未足奇！

十一点钟，陆大学带着铺盖被送到六里湖农场的学习班。

# 六

邹林兴奋至极，他以老厚主任做七十大寿名义把以上的几位人物都集合起来了，吃饭在原回民六部，参观原化肥厂，他让我安排一下车接几位老工友，陆大学从省城过来，自带的车。

化肥厂已断壁残垣，车间楼房已经拆掉，主要设备拍卖给永城化肥公司，正在通过原一级泵房的舱位，陆续上船。这里准备卖给房地产商。

老厚主任腰有些弯了，但脸上并没怎么增加皱纹，显得更加慈祥更加温顺。陆大学满头华发，眼一直眯眯着，我搀扶着老厚主任，他指了指这个，指了指那个，总是欲言又止。邹林是组织者，自然几十年沧桑都想翻出，自然希望大家兴味悠长、话题繁多。他也更希望伤感都已淡忘。他说：邵乐云你们都知道吧，现在搞大了，他说他当时做采购时期一位宁波的采购员小老弟，现在在全国做城市综合广场，做得风起云涌，手下有两个上市公司，他表示最近让他来看看，化肥厂太可惜了，能不能让这里再变繁荣。邹林突发奇想，这周边几个县的化肥厂都在继续，有做二甲醚的、复合肥的、氮磷钾肥的。我们不是就那一年，奇寒即将过去的时候，天灾躲过，人祸没能躲过，被拼设备的罪名减量最终造成大面积的设备被冻坏，从此一蹶不振了嘛。我插话。邹林说，老厚主任、陆大学，我们能不能让邵乐云朋友帮助再恢复一下，我们再回到自己的化肥厂上班，让咱那些卖小吃的、开小店的、干工程的，当环卫工人的、干协警的工友们都再回来上班？不少人都六十多岁了，还要起早贪黑蹲街头赚个小钱养家糊口，苦啊！还有柳林在经委主任的岗上也能帮咱们呀！陆大学不也是省化工协会的领导吗？

大桃、闻彩云他们，走到了当年的总分析室、合成塔下、炭化操作室，用手机频频照相。

回民六部又改名为海纳百川大酒店。听说他们不点"硬菜"只要羊头牛杂碎的，服务员委婉地把他们赶出那豪华的大包房，安顿在后院甜面酱厂的办公室里。

大桃完全不是当年女汉子式的大桃了，已是初夏的季节，端午吃粽子过去两周吧，她依然穿着粗毛线编织的毛衣，黑化纤的旧裤子有点肥胖，头发焦得像熟透的麦芒。她现在吃低保，丈夫中风常年在床上，儿媳妇在家门口卖凉皮，她说，我一直相信有这一天，我们还能聚在一起。初一十五我都到庙里烧香，愿望就是你们都好，我愿意一无所有！我今天带来了难以忘却的纪念，她掏出一张当年的半张报表说，闻彩云你给大家念念，我当年的一篇"遗言"。

"整个流水线像是马吃足了草、车加满了油，没有一丝懈怠，没有半点倦意，这不是咱厂的极寒，这是咱厂的阳春。唯一怕的是我这总分析室取样气的小管道，基本都是乳胶管，他们像一条条春蛇，肚子里要么是一氧化碳，要么是硫化氢，要么是甲烷，稍不留神就会被"毒蛇"咬伤。我一旦煤气中毒，希望把我抬出去的工友们向军干宣队讲我有美尼尔氏综合征家族史，经常头晕，快抬出来放在通风处就好。"

我想到过这些事，特别是邹林那夜用氮氢气避孕套炸倪副队长的头上时，但当时顾不上这些细节啊，不能停车改造这些细微处啊。陆大学沉重地给大桃夹了一块酱牛肉。

闻彩云说，我刚才捡到一件小东西，陆大学还认识吧？是那化肥厂迎接黎明的晨曦熹微时刻的离心机室后间，闻彩云在陆大学身上没有摸索到的钥匙。陆大学一直眯着的眼睛为之一亮，要过来，抚摸着，反复擦拭着点点锈迹，滴上一些酒又擦拭着。老厚主任突然问我说，他亲自给我填领料单批的一副墨镜怕早没有了吧，我真的不好意思，不知该怎么回答。又问闻彩云的乱云飞还能唱吗？又问大桃那矿长还保持联系吗？又问陆大学那一身海军呢扔了吧？又问邹林的蓝领秋衣现在还经常穿吗？他唏嘘着，我人过七十了，化肥厂之前之后都记忆淡化了，唯有那一段寒冷的日子忘不掉啊！大桃惊奇，你也这样？都是这样啊！我现在只要在院子里晒太阳，我们这些人物都活动起来了，热闹得很呀，甚至我自己身上醋酸铜氨液的气味仍然能闻到。我常常自言自语地说，自己拍着手笑，闻彩云说，大家喝一杯吧，为啥都在那段历史中出不来呢？邹林缓步走了出去，他已经只穿一件圆领秋衣了，也是蓝色的，背后印着"太和板面"的字样。他弯着腰，从他那老永久车子后驮着的铁筐子里——这筐子还是当年在化肥厂时自己焊的，现在他要到处给小的私营企业送劳保用品，这筐子又绑上了——摸出一瓶酒，走进来。突然大桃站起来了，脱掉与她年龄不相衬的花格子外套，大喊一声，老厚主任，这场合我们可能今生今世就这一回了，能让我疯一次吗？她没等答话，示意陆大学把酒都倒上。大桃此时真是进入了状态，友情满怀地，干枯着的手端着酒杯说，邹林啊，俺大儿，多年都没这样叫过你了，今天你甭生俺气，虽然你也老了，但你还是俺的大儿，我常常想娘领着你去焦作煤矿找黄矿长求援的日子。

邹林刹那间像是被唤醒了，他是异常镇静，他希望像老厚主任的那一次把黑眼珠吊上去，但眼珠不灵活了，吊不动，他双手端起酒杯，大声回应着，吐字罕见的清晰，"娘，焦作俺那黄矿长爹爹待你可好？"道地的豫东腔。满桌子人都端起小酒碗，满桌子人的泪水都淌进了碗里，满桌子人将泪水和酒全部喝进肚子里。

原载于《中国作家》2014年第12期

# 独木成林

一

算起来，已有两个多月没打过篮球了。那一次，还是张新潮辞掉惠州市的国有企业总经理，加盟自己的桂芳香料有限公司时，他们认真地在中医药职业技术学院的塑胶球场上打过一场。中医药职业技术学院上场的只是几个毛孩子，清一色的大专生，而这一方则是何卫星他本人、张新潮、贾求琛主任，那时的贾求琛还只是县政府办公室主任，提拔的呼声很高，另有宿娟娟加上桂芳香料公司一名部队退伍的文体兵，那是何卫星专门招聘来组建球队的，人不够，让贾求琛办公室的一位五十多岁的老秘书也上了。

中医药职业技术学院的吹哨老师提出的条件是：发起方也就是张新潮、何卫星们输赢都要在教宛饭店请吃饭，其二如果输了要给中药学校上场的五位学生外加吹哨老师各买一套运动衣，压根就没有赢的条款。球没打到终场已难以为继，上半场还算热热闹闹，用张新潮的话说图出个透汗，宿娟娟的话是排毒养颜，何卫星的话是爽上三天。下半场开始后不到十分钟，比分由上半场的20：40迅速拉大到20：59，学生们开始还有些拘谨，下半场后简直是神来之球，背向着球筐居然也能投进去。何卫星被二人看守，像是掉在老井里的牛，张新潮被对方两个盖帽，脸涨得通红，唯有宿娟娟他们不敢近身，但无奈宿娟娟姿势很优美，就是投球无果，加之学生们不知道累，劲头勇猛如初，而且配合默契。那文体兵倒是连着两个三分但对方又调转兵力盯紧他，甚至以娴熟的动作戏弄他。未到最后，张新潮黄着脸，没有人犯规他自己一个狗啃泥，连声说罢罢。吹哨老师点评着说："你们呀，你们呀，当企业老板的，都是空筒子，炮弹放完了。我这边的学生们还都是原封的。"贾求琛呵斥："闭嘴，我们上场的还有美女呢。"吹哨老师捂着嘴又凑过来诡谲地，"你那美女嘛，也是无度，看她那鼻凹子紫红紫红的，昨夜定是长时间做性事。"

此后的日子，张新潮退出桂芳香料公司，宿娟娟失联，厂址几经变动，香料基地或大旱或大涝。一系列变故，使得何卫星布局在桂芳河腹地省级开发区的新厂迟迟不能推进，正在生产中的老厂因资金挪在房地产也经营乏力，准备零作价给何卫星的丹桂食品厂。刚把那一排冷冻机维修完毕，怎么就冥冥有一种力量，要把它推成房地产项目，连自己也动摇了初心，不知不觉地向地产增加砝码了。这是怎么了？这几个月谁在推着自己走，又要走到什么地方，真的是茫然不知所措。

不论什么情况，球是要打的，这是自己唯一喜爱的健身活动，体重又增加了几斤，早晨已慵懒得不想动了。坐在车上总觉得车座子承受不了，渐次沦陷，上午十点以前甚至不愿开手机。何卫星打篮球的习惯是早在小学四年级就开始的了，第一任教练是他任镇供销社主任的父亲。父亲喜欢篮球，出了家门就是篮球场，交往的朋友全是球友。那一年他找来个印字的，往白色球衣上印号码，专门给儿子印了一个"镇供销社男篮7号"，因为他们的镇供销社队只有六人，这是一个编外的号。从此和父亲一样，篮球成了生活的必需。在桂芳河畔建设第一个正规厂子，搞设计时就包括一个很像样的篮球场，且装有灯光、看台、音响等。

何卫星条件反射地热血沸腾，换上运动服，系好鞋带，去捡篮球时，摸一个是瘪的，又两手同时摸，同样都是瘪的。拎着茶瓶进来的办公室文员解释说："听说你要回来，我就想着篮球的事，我让那'电线杆子'文体兵整理一下球，他今天推明天，明天推后天，天天被隔壁社区诊所的小护士拉着去看院线大片。"

"算了，就是没打气的球针，我自己到苏果超市去一趟吧，还要买些进口牛肉罐头、可口可乐一类的，晚上加班用。你把茶水泡上，用那盒信阳毛尖。"

苏果超市的体育用品组其实是外包的，一个面无表情的男子瞪着两只不大会转的眼珠子对何卫星说："球针有的，不需要买，我会赠送你，选篮球吧，喜欢哪个牌子的?"

"几周前已买过，好像是威尔胜的吧。"何卫星回答。

"是不是一次买了两个，价格由一百一十元优惠到七十元的?"

"是吧?"何卫星顺口说出，"那一次是文体兵来买的，俺也搞不太清楚。"

那男子不大会转动的眼珠子放了光，他拍了拍何卫星的肩膀苦笑着，"老弟啊，我真的把你找到了，你的体重有九十公斤朝上吧? 看这身架吧，你的黄头发绝不是染的吧，自然的，你的口音带一点商丘腔。卖给你篮球的小姑娘记忆的模样就是你! 嘿，那小姑娘已被我罚了当月奖金，你是大老板，俺可是小本生意，那篮球她卖错了价格，你就慷慨解囊补回俺七十元钱吧。"

何卫星一下子怔住了，这是怎么回事呢? 烦恼的事情接二连三，老娘前几天到太清宫给他算了一卦，那道长温文尔雅，居然满口现代词汇，"你儿子的企业做得还是不错的，很讲诚信，业内口碑不错，虽远在乡野，产品直接间接销往十多个国家。管理也不错，轻资产很健康，资产负债率很低，利润率仍处在高点上，没有下行的意思，大妈勿躁。只是少帅太年轻，最近好像有些心猿意马，迎合新潮，错爱地产。也无须怕，大妈，你回去把我的话原本转告，他即会猛醒，最近有些金钱逸失，更乃一剂良药，正可谓花钱消灾……"

何卫星铁青着脸正想发作，突然想到妈妈转告道长的谶言，扔下一百元要了十根球针离开了。

走了几步，他又转过身来，"那卖篮球的姑娘，你就不要再批评她了，是我粗心。"那男子被感动了，双手举起拇指，连连赞叹："好心人，好心人，我们一定后会有期，后会有期!"

这一场球是在桂芳河畔，何卫星桂芳香料有限公司的球场上打的。那时贾求琛调任桂芳镇的书记，履新之前是城南镇的镇长，再早是副镇长、企办室主任。那时的供销社已经改制为民营，何卫星的爹，也就是供销社老主任何大成，凭借广东广西的几位老战友，做了留兰香、薄荷一类香料的初加工，好风凭借力，南方的战友还给他办成了直接出口许可，生意好得不得了。供销社改制的第三年，他的企业成了全县出口创汇第一，县里、市里表彰，县长来现场考察，贾求琛嫌何大成嘴笨，亲自介绍又带着何大成到县里市里要求一些优惠政策、财政贷款，原供销社几经演变为初具规模的香料厂。贾求琛因领导乡镇企业政绩突出被提拔为城郊的桂芳镇书记。三个月后，中秋节的晚上，他带了几盒精美月饼、一箱古井原浆酒赶回城南镇与何大成何卫星共度中秋。

何大成主任高高举起斟满一百毫升的玉石杯子说："我们每人都喝掉这一杯子，为中秋月圆。"

三人举杯一饮而尽。

"这几年钱赚得顺溜不顺溜?"何大成没让吃菜先发问。

"像搂豆叶一样的顺溜。"贾求琛、何卫星异口同声。

贾求琛又往自己面前的玉石杯子斟满了酒，"我问第二句话，过去的是第一桶金，这第二桶金我就建议在桂芳镇啊。小打小闹时期过了，在桂芳镇距县城三公里的地方，我预留了六十亩地，建一个正规的工厂，这算是工厂发展史上的第二阶段。"

何卫星也喝了一杯，说："我代表老爷子只讲三个字——言听计从。"

三人大笑起来，筷子伸进盛满驴板肠的盘子里。

何大成问贾求琛："那宿娟娟到底有没有个态度啊，你探一探。我的第三桶金与你们价值观可就不一样啦，是孙子，是活宝。听说她在北京金融街上做投行，做上市公司的保荐人，咱都赞成。那也是男大当婚女大当嫁呀。"

贾求琛说："她也回来过几次，心是比天高，但对你儿子的感情她难以割断，也不想割断，我觉得只是一个时间问题。话再说回来，我小弟何卫星，到了我那块宝地上建起一个正规的工厂，我全力给他创造宽松的环境，给他一方要素齐全的世界，镇里谁敢反对？县里谁有微词？人家何卫星为我带来了工厂，带来了税收。好，好，我又说远了，换句话说，何卫星这样的企业家，漂亮媳妇不给你找几个？凭我感觉，他现在云南、四川、香港都有过从甚密的女友，到时你是个多民族的家庭，孙子还真不能按你的族谱，要尊重少数民族习惯。"

这一场球，上场前何卫星尽管头昏脑涨，烦心事拥塞，贾求琛来时，也是眉头紧皱，十分钟胡乱拼杀之后，还是很轻松，像是卸下重重的包袱。那打中锋的退伍兵还有贾求琛的驾驶员连湿透的球衣也没脱，就手疾眼快地把何贾二人关进太阳能的淋浴房，那个驾驶员又熟练地泡起功夫茶。浓郁清香的铁观音置放其间，两人喝足了茶。何卫星要来了一张财务刚刚出来的报表，两人沿着厂区后脚门拾级而下，走到桂芳河景观带。

"报表很好看呀。"贾求琛微笑着。

"只是没折旧，按照你的旨意。但还有税收没能计入，也能抵上。"何卫星说。

"珠海的贸易公司和大理的贸易公司最近经营得怎么样？"贾求琛问。

"超乎想象得好。像老爷子常说的进钱如搂豆叶，不久就是一捆子。"何卫星说。

"争取年底销售收入、税金、利润三大指标超县里两家国有企业化肥厂和树梅食品厂。你到时也搞个省人大代表，我这个镇委书记你也拿去。"贾求琛说。

"说老实话，当老实人，干老实企业是我一辈子愿望。"何卫星说。

"我爹在供销社当了几年炊事员被你爹管卡着如许年头，你就被我管几年吧！一码换一码。哎，对了，张新潮最近咋没来？叫他来吧，还有些大事让他帮忙。啥大事，招商引资呗！"

"我没敢告诉你，这厂很快搬到你的辖区，尽管是省级开发区了，张新潮有意见，他认为太草率，生产地址是不能随意改变的！其他不说。"

146

"啥屌意见，过来喝场大酒，吃条驴鞭，叫商丘女篮那俩寡妇队员大凤小凤过来疯一疯，百病皆消。你就让他快来！"


## 二


县城那国有丹桂食品厂真是很有些年头了。一九五八年私有制改造，从一个田姓资本家手里拿回来。那时的工人阶级真是扬眉吐气的，从厂史馆的资料、图片可以看到，像小说《上海的早晨》描写的一幕幕，尽管装备水平不高，但车间的净化装置、设备的排列，工厂的理念、管理的格言、工人整洁的工装和精神状态、以蛋粉为主体的各种食品……这个厂是何卫星香料厂之前的唯一能够出口产品的企业。也有很多图片证明田姓资本家的奢侈，除了正房，还有两个姨太太。田姓资本家原来是县城粮库主任，是当时县城一中的首届高中毕业生，后来到蚌埠又读了粮校。只是图片和资料中没有工人破坏设备，没有与资方斗争的场景。据说，田姓资本家对工人还是仁厚的，后来嘛，和许许多多的市县级小国企命运一样，走过一段辉煌，甚至有威望的老干部想买一些蛋粉补补身子要批条子。厂史馆就有一张当时的副省长亲笔写给县长，县长又批给田姓资本家的为省政府小食堂购买蛋粉的条子。再后来经营困难了，承包给一个郑州的糖酒公司的营销经理，五年过来，没有起色，税收没交几个，工人倒是天天跟他斗争。一天贾求琛来这里调研，被工人们围住，不解决问题不放行。"三个月没发工资了，谁家没有老小。""老板做假账，奖金有暗流。""上缴的承包费不够设备折旧。""家属院里，他又拿出一幢房子租给做糕点的，我们没法休息。"……问题反映了一大堆。这个厂家女工很多，很快她们推出了工会主席舒秀敏。舒秀敏看上去不是一个外向粘嘴粘牙的人，相反还是显得较内秀较矜持。这位工人领袖让贾求琛踏实了许多。只是他感到她那有些深邃甚至略带淡淡忧愁的眼神以及浓密的睫毛有些眼熟。

贾求琛最近有点老。革命遇到新问题，或者说茫然不知所措甚至是惶惶不可终日了。过去农村工作一路走来太顺了，何卫星和他的香料企业又给了他一次仕途大起跳的机会，荣升副县长。贾求琛以抓工业而见长的形象深驻在领导和干部们的心中，以后要长久地揣起这块烫手的红芋是他始料不及的。也许他擅长和热爱的并不是工业，并不是经济，但熟悉工业和经济的干部太少了，他要把这个角色演下去。他深知五颜六色的薰衣草、硫华菊、美女樱的种植。如果不是这么快调回县里，他设想着沿桂芳河规划一个植物香料的种植基地，既是何卫星的上游GSP种植基地，又是观光农业，可以调整种植业结构。他总是觉得何卫星是自己职场生涯中不可或缺的棋子，因他听话、忠厚、执着，是商人却没有商人气息。贾求琛见多了不起眼甚至话都不知怎么说的人拥有大工厂、大商贸、大地产，集颐指气使、匪气、流氓气于一身的人。有何卫星这样的企业家，即使管辖一方也固若金汤。

这一步，何卫星又能发挥什么作用呢？

上午回到办公室，何卫星已经哭丧着脸在那里守候。他说："工厂院子里的四座坟咋整法呀，我哪知道城西一溜九村全是满族聚居，这坟就是当地势力最大的蒋家。今天早上蒋百仁找到我，态度倒是很和蔼但气势逼人，'欢迎到咱这民族村办企业，过去咱这都是杀牛宰羊，遍地血腥味，你的厂一迁来空气中都弥漫着芳香、清凉，真的让俺少数民族耳目为之一新。'他加重了少数民族四个字的语气，'好啊，但是这院里四座坟你要保护好，一座我太爷的，一座我爷的，一座我爹的，一座我的，可见这是我们蒋家的风水宝地啊。再过几天，我南京的弟弟、弟媳要回来上坟。平时吧，要一年三上坟。'我惊讶得不知怎么说，他摆摆手也不让我说，伸手拿了一只保温茶杯扬长而去。"

何卫星深深地呼出一口气，接着说："原来合同上不是说，迁坟的事由镇政府管，我的大门筑起之日，就是坟头迁走之时。现在大门筑起了，门卫住进去四个月了，车间生产了，第一批产品离开欧亚大陆桥也四个月了，坟不但不迁，还要让我们保护起来，像文物那样。有人说他二弟是南京军区的一个将军，也有人说坟里老太爷不是爷的亲爹，爷也不是爹的亲爹，那蒋百仁三十多岁以前还是汉族，今后他就吃这几个坟了。门卫说他放风了，四个坟要迁也行，三十乘以四等于一百二十万，少了不谈。你明年要求我直接出口创汇完成六千万美元，我现在就要整理那里建第四车间。"

见贾求琛不作答，何卫星沉默一会儿，提起另一个话题，"有人说，你那丹桂食品厂有十二台无锡产螺杆式冷冻机，说是那承包商以物易物换来的，至今没用。太好了。我的产能迅速扩大又逢甘露了。"

何卫星双手合十，一脸阴云驱散了。他忘了当初是为哪个主题而来的。

"有这等好事呀，真的有这等好事？这是何等的好事哟，好事能达到这等？"贾求琛眼睛里闪射着亮光，表情异常真挚、真切、真诚。贾求琛从抽屉里拿出一盒香烟，抽出两支放在自己嘴上，一次点燃，他知道何卫星不抽烟，他现在一定要他抽。虽然来禀报的事没有答复，但两人很满足，兴冲冲地分开了。

十分钟后，贾求琛来了个电话说，坟的事好办，等我腾出手后，喝一场酒的工夫搞定，你不要分心，一门心思把锅里这根"油条"拉粗、拉硬、拉长。

下午上班后，车刚到县政府门前，上访的人群打着黑布白字的横幅：四条人命何日偿还，政府不作为，我们就长跪。那是自己分管工业一百天的纪念。国有的农药厂检修反应釜时，农药残留的气味居然连夺四条人命。这是重大安全事故，要由省里组织调查处理的，死者都是农民工，死者家属怕包赔不到位才这样闹的。贾求琛索性让车调头，直接去了食品厂。

下午的丹桂食品厂满院桂花香，秋阳宜人，不知怎么的，这个院子不论金桂银桂，都表现得特别好。那树栽下有半个多世纪了，如今正是生命力最旺盛的时候，好一个竞相怒放、竞相吐香。有人说种苗好，是许昌附近鄢陵号称中原地带的最大植物园，那里育树苗的历史已逾千年。有人说管理得好，历任厂长都把建花园式工厂当作重要事，其中六十年代、七十年代的两任花工甚至评为七级花工，享受工程师待遇。也有人说这个厂女工多，美女如云，他们的青春和笑容感染了树，融进了树，树是有灵性的。但现在的美女女工随着产销持续衰败也已经接替不上了。

贾求琛坐在长期贴着封条的档案室里，他让办公室主任稍加整理，拂去灰尘，拎来一瓶开水，甚至连晚饭都不准备出去了。他常常叮咛自己，需要沉下身来，潜下心来，研究一至几个看得见摸不着，说得出但剖不开的经济发展课题。前年去延安的时候，他看到，在国民党反动派一次次围剿下，枣园和杨家岭的灯火照彻长夜，毛泽东的一篇篇文章写出来指导着中国革命斗争的实践，他买了一套《毛选》四卷。读了通宵，热泪盈眶。办公室主任进来了，说最里面的档案柜是八十年代的，来过十任工作队长，谁也没碰过，甚至连这个档案室也没走进，人气浮躁啊。

黄昏时分，拉开织满蜘蛛网的老式电棒，他目光扫到一处标有人事档案（绝密）的抽屉，办公室主任已经打开了暗锁。他抽出来，翻开夹子，赫然入目的竟是对自己父亲的处分决定——

## 关于对贾宝昌所犯错误的处分决定

贾宝昌，男，中师文化，中共党员，现年30岁，系桂芳县丹桂食品厂厂长，贾宝昌任职期间，利用职权曾先后与本厂女工孙××、姚××、×××发生不正当两性关系，性质恶劣，影响极坏……

×××为什么隐去姓氏呢？好奇心驱使他翻下去，其实这是一册最原始的档案资料，不仅孙××、姚××有名有姓，×××更是让他吃了一惊，原来那女的是工会主席舒秀敏。孙××、姚××写的检查交代，他翻了一下，一带而过，舒秀敏的检查交代他是一字不漏地读了一遍：

## 关于我和贾宝昌关系的检查交代

我叫舒秀敏，女，现年21岁，团员，技工学校毕业。我和贾厂长的关系是这样发展的，前年，我阜阳轻工学校毕业后，在车间干了三个月操作工，很快就调做广播室播音员，然后是政工科干事，兼做团总支书记。在厂部工作的机会，使我深深感受到贾厂长的干练、睿智、指挥若定，甚至是叱咤风云。接触到他，才知道什么是伟大，什么是男子汉，总之对他佩服极了。以至于后来给他送文件时都有些不自在。我与他发生四次关系，第一次是晚上八点多钟，我正在广播室织毛衣，科长推门告诉我，厂长他们宴请工业局长喝多了，要我烧点水，关照一下。厂长的办公室兼宿舍就在我隔壁，我就很快烧开水送过去，满满地倒了两个白瓷缸子。两个小时后，我听见他好像去了一次厕所，然后在房间要电话，好像狠狠训斥了谁。我觉得他好些了，就把我从医务室拿的一盒葡萄糖针敲开，混入浓浓的麦乳精里，是用我吃饭的缸子装的。中间他没醒，我又热了一次送过去。看到我，第一次见他笑得这般开心，平时都是很严肃的。他端过缸子，十分善解人意地咕咚咕咚一气喝完，然后说，怎么是那种年轻女人的气味。我脸有些红了，搪塞着，解嘲着，就是年轻女人调制的嘛，解酒秘方，以后喝醉还找我呀。我又拿过来一个温毛巾，把他工装领子上泅湿的一片擦一下，这时我能感觉到他粗壮的气息。他不经意地说了一句，看我的工装领子被坚硬的胡渣蹭得，才三个月领子烂了，你们的还新着哪。我一下子泪水涌出了，何曾见他脱过这标有001号的工装啊，洗一下就烂啊。酸辛的调侃。我的脸贴在他的脸上，我使劲亲吻他的脸，带有坚硬胡须的脸，然后是混合着酒味、烟味及麦乳精味的嘴，我大汗淋漓，紧拥着他，不能自已。

不否认，他的手是伸进我的衣服内，抚摸着什么，但他只是轻轻地就拿掉了。是我一连串的发话撺掇的吧！快点啊，让我尝试一下，晚一会儿我还要为大夜班工人做第四次广播……

第二次很简单，我给他织了一件黑色毛衣送过去，我让他试穿上。他要去合肥出差，车在门岗那里等他。我们躺在沙发上匆匆忙忙又做了一次。

第三次……

总之，都是我主动，是我被他人格魅力的折服所酿成的后果。


娟秀的字迹，严密而合乎情理的描述，含而不露让人信服的责任担当，贾求琛掩卷时想到京剧《沙家浜》里刁德一对阿庆嫂充满狐疑的唱词：这个女人不寻常。

父亲由县城丹桂食品厂到城南镇供销社当炊事员的变故他不甚了了。那时他还懵懂，及至后来，常听到何卫星的爹何大成说的话就是夸赞自己的爹贾宝昌，这家伙绝对是工厂那块地里的虫，干工业的料，对外说是给我当了七年炊事员、伙头军，其实是一年的炊事员，两年的狗头军师，后四年就经营我们的自留地香料厂，再后来就被港方请走了，现在三分英语三分港语三分国语一分家乡话。

贾求琛有些思念父亲，也有些感佩舒秀敏。

何卫星带着华中工业设计院的几位工程师找过来了，他略显长了些的头发上都带着汗珠，一副急匆匆兴冲冲的样子。他向里间伸下头，好像不想进来，"这里面还有个闷子间吗，像渣滓洞似的，这么昏暗、严实，连窗户都没有，可是原来的厂长私藏女工的地方？"

贾求琛当然不希望他进来，顺手牵羊地拉着他的手向外走，"档案重地，谢绝参观，当然让你来也不愿来，霉晦的空气都能结成块了。"

"县长，你的本事我也学到手一点，协调呗。那蒋百仁昨天被我搞定了。先请他洗澡，洗澡时又给安排个川妹子，然后看了刘老根大舞台来的小分队都是带着荤味的演出，晚上再喝酒，酒酣耳热时他自己提出让步了。他伸出两个指头，'两点，我说出保准成，就这两点。你走遍全世界都知道咱八旗子弟义为先，情为首，为朋友可两肋插刀。需要时裤子脱给你穿，我光着腚。就这两点。'他又一次伸出两个指头，'第一点，坟头乔迁新居（他用了一个人世间的词）每一个降为六万，让老辈们走得顺畅些，我昨天夜里子时在他们坟前磕了响头，作个大揖，该投胎投胎，该转世转世，我和何卫星今后都是你们的孝子贤孙。第二点，我做你桂芳香料公司的安保科长，我的功夫三乡五里都知道，拳打满汉两族，脚踢城里关外。第三点，咱俩结拜为兄弟。'"

"你怎么回答？"贾求琛撋了把鼻子，又朝墙上一抹，两手一搓。看来那屋里阴气太重，有点受凉了，他的脸有些阴沉发青。

"我说，其实他说了三点，我回应的是这样，求教与你。这三点我倒过来回答，'第一我要让我爸给你买个金碗金筷子，晚年的时候他又跑来个儿子，举行隆重的欢迎仪式。第二，我要任命你为桂芳香料公司的副总监兼安保科长，进入到我的管理团队。第三点，老辈们乔迁新居，我有幸进入到孝子贤孙之列，又是我惊动了他们，那我就农历的十月初一鬼节的时候拿一万，明年清明节是大祭日，再拿上五万。'那蒋百仁趔趄着离开座位，张嘴把小指咬破，滴血进入一碗酒中，从我的头上捋下一把汗珠，甩进酒碗中。他还说你们汉族生性不是这么彪悍，就以汗代血吧，我们共同把这碗酒喝下。"

何卫星述说到这时，眼前突然闪过一个景象，那卖篮球的老板不就是蒋百仁吗？咬小指的神态完全是当时在苏果超市篮球专柜时审视自己的神态。他又深深地回忆了一下，不错正是蒋百仁。

"钱太多了是吧，怎么可能一个坟头就支付六万？"

"贾县长，小钱不能算，他每年去烧几次纸，变着法刺挠你，把我的财神引到黄泉路，看哪儿值得多，企业的环境比什么都重要。"

"起码明年清明节的那一笔不能给，说这个人劣迹不少，我让公安局整理些材料，扔他里面去。设计院的人在哪儿？"贾求琛径直走进办公室，几位搞设计的同志早已准备好PPT，刚开始显示了一个桂芳香料新厂区的鸟瞰图。他摆了摆手，"这图没啥好看的，无非是标准厂房、生产车间、动力设施、研发区办公楼、绿化带、循环水，等等，外加篮球场，你们现在就到脚下的丹桂食品厂转转，生些灵感，将这个厂子改成地产，设计风格像是过去大地主的深宅大院，别墅区也是如此。可以到四川刘文彩大院考察，本地的历史文化加上一些汉魏的风格，容积率尽管低一些，我来协调。"

几位设计工程师一齐站起来愣了。他们的脸上明显是啼笑皆非的表情：领导啊，我们是工业设计院，只会设计工厂。

三

"山楂树上的山楂、桑树上的桑椹是猴子吃的，人吃了要酸掉牙，县长，你就饶了我吧，我不是猴子，吃不了那桑椹、那山楂。我除了小时候垒过积木，连个猪棚子都没搭过，你让俺搞房地产不行啊。"何卫星苦苦地拒绝着。

"全国何处不造城，以此契入正当其时，你看那温州炒房团，走到哪里，风卷残云式，一年光景把当地钱财当豆叶装走了。这年头，哪个企业能比房地产来得快，沾上房地产等于走进金山里。我上次去北京出差，一个老乡请我吃饭，你猜是谁，城南镇政府看大门老柴的儿子，在北京密云县跟着他姐夫搞房地产。开着宝马去接我时，陪我的几个人看样子都像小混混，清一色宝马、奔驰。他们说，一到内地都是市长县长的接到高速路口。"贾求琛给何卫星鼓劲。

这是他们约好在一处较为高档的洗浴房，俩人躺在那里接受着技师刮痧烫背一类的。

贾求琛说，他的感冒还是在丹桂食品厂那档案室里染上的。打了点滴，仍是浑身上下没四两劲，他要求技师再加个钟点刮痧，给何卫星加个采耳。他有些祈求地望了一眼何卫星

157

说："县里发展的任务很重，维稳的任务也很重，没要求你一直做房地产，只不过捎带一下，为壮大桂芳香料公司，多积累些资金。"

何卫星猛地坐起，"这能捎带吗，咱能捎带得动吗？起步就要一两亿的资金，你吓死我！你就安心当你的官，累了过来打打球，桂芳河绿化带上转转，我把咱这俩爹开创的香料事业做大。我现在真感到担子重啊，创始人是我爹，他现在彻底不干，醉心于狗市场，这狗市场还真的做起来了！你爹是第二接力棒，技术学到手了，跑香港当买办了，听说那一家香料上市公司有他49%的股份了。这第三接力棒是我，你太拔苗助长了。再这样逼我，我就跳桂芳河，我会游泳，淹不死但没关系，我上吊，像崇祯皇帝那样，在河边上瞅一棵老槐树。再这样逼我，我就不干了。"何卫星急切地推开技师。

"我要走要走，再待一分钟我就浑身冒汗，那几位设计院的工程师被你搞得不知所措，我还是给他们讨论做完工业设计。"何卫星拎起衣服头也没回走了。

几分钟后，贾求琛给何卫星来个电话，"晚上到狗市去看看老爷子吧。"

"我不去！"

"你不去，我自己去。"

"你是县长，你哪里都可以去。我说啦，谁要再干扰我，我就，我就，我自杀。"

贾求琛大笑了一声，有些不自然。他对着电话又拉着长腔说了一句："我自己去找狗——蛋——哥。"然后独自嘿嘿着把电话挂掉了。

很长时间没来这里了。四个交易大厅已经矗立起来。这里不仅是狗市，花鸟虫鱼、玉石古玩、名木家具，甚至蟋蟀、青鸡都有专门区域。这何大成绝顶精明，回县城退休，早上、下午都骑着自行车转悠，一个月后，确定了这个地方，是老城区与新城的交会点，公安局的拘留所迁址留下的。这老头子一辈子喜欢遛狗、斗蟋蟀、养蝈蝈，花鸟虫鱼、玉石古玩，样样兴致浓厚。临到花木簇拥的一处小院前，贾求琛大声向里喊着："狗蛋哥，狗蛋哥，在家吗？"何大成出来了，他穿着一身宽松的运动服，分头梳得很整齐，魁梧的身材，体重不会少于一百公斤，满面红光。他不动声色，眼睛朝着贾求琛身后瞅着，少顷才开了腔，"你个孬种，我得先看看，后面可有秘书主任一类的，没有再骂你，你干啥？咋得闲来看看恁爹？没吃晚饭吧，咱就到后面的东北饺子馆，打电话叫恁那个小姨来，办武术学校的那个，我就相中她了。走着屁股翘撅撅的，乳房颤悠悠的，脸上一年四季像搽胭脂似的，见了我都是挤眉弄眼的。"

不知从什么时候，这两代人成了"骂友"。很有可能就是那次小姨来城南镇找贾求琛办事，晚饭就安排在镇供销社食堂里，自然是何大成做东，席间他们都非常开心。贾求琛带了个党政办主任，小姨喊了在镇工商所工作的同学，他们八年古井原浆喝了N+1瓶，外加一箱子啤酒。

战火还是小姨引起来的，她与何大成猜拳，一组十二个她输掉八个，喝下四个她不愿再喝了。她说："何主任你叫声小姨我就喝下去，你和贾求琛都是城南镇的干部，他是一镇之首，他的小姨不是你的小姨？我还知道一个秘密，你的小名叫狗蛋，俺姐夫告诉我的。"

气氛达到高潮，一桌子人拍手欢呼。何大成拿起酒瓶，把一个玻璃杯子倒满说："撤掉小杯，我愿喝大杯，既然狗蛋她也知道了，我也豁出来了。这样吧，你是武术学校校长，武艺高强，说你腿功最好，十几岁时两脚撑起二百斤麻袋。今天你展示一下，能给我夹个脑浆迸裂，我喝这一满杯！人说五十九岁现象，本人今年五十九岁，对我们无职无权的人来说，是气血最旺的时候，每天干面一斤半，折合成发面卷子，你自己算去。喝酒嘛，酒瓶不倒我不倒，这一年从没倒过，仨钟头后，神清气爽。他小姨，想感觉感觉吗？"

女工商率先起哄："上床吧，只要把他唾沫夹出来，他就必须喝，必须的！"

着实大家都是喝多了，女工商架走了小姨。何大成送贾求琛时，舌头已经大了。

"你升任书记了，咱镇八万人的人头儿，但是，你要喊我哥，狗蛋哥也中。"

这个典故大概就是这年这月这日这夜形成。以后的岁月里，贾求琛间或叫过，偶尔也被何卫星撞上，但何卫星总是装作没听到。

"你老人家给何卫星说句话吧，丹桂食品厂要改制，就在那里做一次房地产，也算是浴火重生，支持了县政府的工作……"

"我不说，说了也没用，儿大不由爷，你参现在在南方是大老板，咋不让他参与？我目前专注地做一件事，桂芳河区域花鸟虫鱼狗市协会会长，调整这世界的声音结构、色彩基调。"

大京九线上的由广州开往北京的109次直快，本来应该23点15分停靠在这个三等小站。来接张新潮他们的相继有三位人物。贾求琛率先来到这里，站长赶快凑了过来，引领他看站台上刚设置的桂芳河五景的油画，灯光的照耀下，还是很有视觉冲击力的。贾求琛要求他把丹桂食品厂嬗变为汉魏风格的深宅大院补上去，让他找何卫星要这个地产设计图。何卫星远远听到，没有吱声。他刚刚下车，开始有些疑惑了，贾副县长是不是就站得高看得远些呢？怎么最近充塞耳际的利好都是房地产的呢？不成，这世界诱惑太多，就像走在街上看女孩子一样，走在这条街上看到一个女孩很出众，下一条街上，出众的女孩就成了一个班，甚至美不胜收。第三位来接站的是舒秀敏，贾求琛一回头，正好与她目光相遇。她是留着上个世纪女性的齐耳短发，但发质的营养很好，一条偌大的鹅黄色大围巾铺在肩上，色调很是显眼。贾求琛现在看她，则是努力寻找她历史深处的青春遗产。她不高的个子，成熟的体态，薄薄且较长些的嘴唇，特别是辉映在短发下浓密的睫毛。她微笑着招呼贾副县长。在贾求琛看来，她没有甘心于她那个时代的急遽逝去，完全适应新的时代，包括她的青春、她的力量、她的智慧。只是她那一代人的舞台，当然也包括自己的父亲，太乱糟糟地、急匆匆地、毫无章法地被拆掉了。这不能不令人惋惜。这是那一代人的宿命。

他走过来亲切地握着舒秀敏的手，另一只手指着她鹅黄色围巾遮满的肩，"舒主席，来接女儿啊？"

"您大县长还亲自来，他们哪怎大的本事惊动您啊？"舒秀敏双手拉着贾求琛的手有些激动，"贾县长，你不能再喊我舒主席啦，皮之不存，毛将焉附，厂子都快没有了，我这个工会主席哪还存在，就是下岗工人嘛。宿娟娟这次回来，我让她帮我办下岗工人证，再就业可以享受优惠政策。"

"丹桂食品厂正是凤凰涅槃，浴火重生，离不开你这样的工人领袖啊，亲爱的大姐，你的作用还远没有释放啊。"

列车又呼啸而去，张新潮双臂揽着贾求琛、何卫星，宿娟娟拥抱着妈妈舒秀敏。

宿娟娟的嗓音特别尖细，"贾县长，你电话讲丹桂食品厂要变成一座庭院深深深几许式的房地产，设计图已矗立在火车站站台上，你们这些行政官员都是又骗又哄。好了，今天太晚了，到了酒店罚县长陪我们游泳，我一周没游过了。这一周啊，做了两次HPO的保荐人，那广西一家铝业集团老总嘴太笨了，掰着嘴教也教不会，他还自我解嘲说，我听不进你说话，只想看你的俊模样和你那洁白如玉的牙齿。噢，妈妈咱们游泳后，就吃咱街坊邢影的猪肉粉丝包，我就是吃这包子长大的。"

舒秀敏说："游过泳都深夜一点多了，还吃谁家的包子呀？"

贾求琛说："不难不难，这邢影老太太很倔，那条街上的传统小吃都按照规划搬到狗市北侧美食一条街上，唯这老太太不搬。城建局的局长生气，那你就改店名为邢影相吊包子店吧。第二天她真是挂上邢影相吊包子店的牌子。不过老太太还是听我的，卫星你给老太太要个电话，说我有几位珠海来的客户，一个小时之后吃包子，再搞几个小菜，什么蒸山芋叶、麻油拌粉皮之类的。"

何卫星仍然没有说话，他几乎一直没有说话。张新潮问："卫星怎么啦，失恋似的，情绪有些低落。有难言之隐吗？有什么不解之惑吗？有什么凶兆难卜吗？我们带来的华南证券的这位经济分析师还是位心理辅导师。对佛教也有较深造诣，让他给你疏导一下。我们整个南方、香港、东南亚经常有大人物找他看呢。"

"哎哟，这短信谁发的呀，看，给我一个破烂丹桂食品厂，还你一处古典新城。这是谁发的？你们有吗？你们有吗？"宿娟娟一连串问，没人应声。

舒秀敏自言自语着，怎么能是破烂的呢？不知不觉眼睛湿润了。

## 四


　　历经了2009年初的短暂低速，2009年中期房地产市场迅速回暖，地产销售火热程度超出了先前的预期。得益于房地产优惠政策、天量信贷、宽松的货币政策和流动性效应，居民刚性需求，甚至是投资需求在短时间内释放。

　　国家统计局显示，1—11月，全国商品房销售面积75203平方米，同比增长53%，其中商品住宅面积增长54.4%，据信息中心统计，2009年全国主要城市房屋交易量均同比上涨50%以上，天津、南京、成都等更是超100%。

　　据欧美中国问题研究所统计……


那位分析师喝了一口纯净水，继续着：


　　大家知道一部电影上的这么几句话吧，你身边所有的人都在讨论房子，都在炒作房子，都在囤积房子，你要是没有一套房子啊，你就会觉得被边缘化，你就忽然有了一种恐惧感。这部电影的名字我不再宣布。

我们是个什么地方？先介绍一个数字，我们的城镇化率与全国平均数字差20个百分点，地理位置处在中原的门户，苏鲁豫皖人口最稠密的地带上，消费市场极大，人文荟萃，桂芳河城中穿过，它的三条子河流形成"卅"架构，城中商埠发达，明清时期，这里的药材商不仅建起了会馆、楼阁、亭榭，其后面一字排开的独栋四合院鳞次栉比，不就是房地产吗？隔河相望，英美的牧师传教士临河而居，建起数栋白楼，不也是房地产吗？气象资料显示这座小城非常适合人居，四季分明，色彩各异，大数据显示，今后每年入驻城市的不少于60000人……

这是在县政府的礼堂里，贾求琛精心安排的一堂名家论经济。这华南证券的分析师不辱使命，他侃侃而谈，娓娓道来，眉宇间的一颗黑痣，这时因长时间讲话显得红亮亮的。他不事张扬，层层推进，显得很有说服力。可能更重要的是给何卫星洗脑，没想到县长和县委书记居然也来听了，因此整个三百人的小会堂座无虚席。何卫星、张新潮他们坐的是嘉宾位置，与县上的领导同排。贾求琛眼睛几次斜睨着何卫星，觉得他有些憔悴，环头一周出现了白发，像是一道银白头箍，他有些心疼何卫星了。就让他老老实实地做他的香料吧，何必鞭打快马呢？但是，自古以来，凡成就大事业的，有多少是轻轻松松的呢？还是要拽着他跑，像南方的榕树，独木也撕出个林哪！看得出，何卫星的确在认真地听着，很可能是动了心。他的阅历中，还真是没有听到过这样的讲座，听众们的数次鼓掌也反映出这次讲座的效应。贾求琛心头瞬间掠过传销洗脑的光影，他有些后怕。

晚上，在香料公司的小食堂正式宴请南方来的客户们。不论何卫星是否接受房地产这个话题，生意场上的朋友来，总要认真宴请一场的。

最忙乎的要数管安保的蒋百仁，最好的牛羊肉是他安排的。客户坐定，他为自己的张罗已喜不自禁，他作了个揖，"俺自报家门，卫星老总的喝血哥们儿，大家先看这小食堂位置，本是坐落在桂芳河上的水管站，咱桂芳香料公司把它收编了。这里体验的是大自然的静，春天里，几天内万紫千红但静悄悄的；夏天里，布谷鸟唱歌都响在很远的地方；秋天里，许许多多的虫子低吟浅唱，绝不高声；冬天啊，亿万箩筐的大雪倾倒在桂芳河内，竟无嘈杂，这静得真是奇怪。"

蒋百仁说："我跟每人要喝三杯，再当好看门狗去。你们每个人的身价都大得很呐。"然后拿着一块熏牛肉干净利索地走了。

众人点头笑道，这个安保好样的，能武能文。张新潮更是认真的样子，"让我带珠海去吧，那里的厂区环境干扰太多。"宿娟娟抢过来，"给我做个保镖吧，省得许多麻烦。"分析师慢腾腾地一句，"那保镖要是掉转枪口咋办？"宿娟娟白了他一眼酸溜溜地回着，"那就看他的运气了。"

166

何卫星依旧是很传统的神态，站起来，抻抻衣襟，端半杯酒，一本正经，"各位朋友，今天我算是正式接待，这几天被贾县长调控的，不知哪是主题，不知哪顿饭是第一餐，不知相聚是推进什么。当然也可以休闲一下，推进情谊，即便我们这乔迁之企业，简陋之食堂，环境之静美，如我那安保科长简单形容的也很生动。相聚是一首歌，虽然这一次是贾县长以县政府名义邀请，事前我不知道，以至于到车站迎接时我不知所云，心理准备不足，但你们是我生意上的朋友，贾县长还是为了我嘛。"

"什么，我们是不速之客？何卫星，你说清楚，距我们到达之日的一周前、两周前、三周前，你连续给我短信，让快来吧，怎么还不来，不想家吗？不想舒阿姨吗？不想邢影大包子吗？不想硫华菊、薰衣草、留兰香吗？不想帮我企业做大吗？"宿娟娟尖声细气一顿抢白。

"呵呵，我是不该来的来啦，我说那一天接站时脸那么难看。"这是张新潮。

分析师好像不明其中原委，急拦张新潮，"不虚此行，不虚此行，这县城大有文章，商机满溢。"

何卫星大手一挥，"都不要再起哄！你们都知道我酒量不大，但是要求大家共同喝三杯。"平息喧哗，大家一时被他镇住了，真的是三杯酒方才落座。

何卫星这时表现得非常主动非常开心。他给各位夹了菜，一副近日来难得的笑脸，"朋友们，人生苦短，朝大处说，人一生做成一件事足矣，少年时喜欢读小说，杨沫就是一本《青春之歌》，丁玲就是一本《太阳照在桑干河上》，伟大领袖毛主席就是让中国人民站起来，邓小平就是让中国人民富起来，我何卫星，区区一个农民，何德何能，父辈留下这样一个企业，我已经让它走出田野，走出作坊，在这桂芳河上的开发区C区，独立地成为像模像样的企业，希望你们来把它扮靓扮美，插上金翅膀。"

"知道台湾的企业大佬王永庆吗？论文化你是中专他粗通文墨，论基础他卖米开始，你县城化工厂小技术员，论谈情说爱，人家父母包办，媒妁之言，你琼瑶三毛读了一本又一本，还给女孩子送过《苍烟为谁升起》，人家一生干了七十四家企业，你九牛二虎之力才把一家企业脱了胎毛就满足了？王永庆可是与你同属炎黄子孙啊。"宿娟娟娇嗔了何卫星一眼，把他匙子里的一块油焖茄子夹回放在自己嘴里。何卫星没有理她，伸出匙子又拿一块。他怕话题扯开去，没完没了。

张新潮点燃了一支烟，他给宿娟娟也点燃了一支，悠然地说："来之前并没什么目的，只是觉得该来看看了，朋友总要常走动。噢，还没安排去见伯父何主任和宿娟娟的妈妈，宿娟娟你排一下时间吧，反正不要耽误下周一的香料行业高峰论坛。贾副县长这些年不知不觉加盟进来了。现在才知道他有一种香料情结，原来他老子贾宝昌在马来西亚注册的馨环宇中股份很大。只是他好像从不愿提及此事，那就我们小弟兄们玩吧，这次让我们来，说是你的企业已从农村走进城市，积蓄力量准备新的冲刺，要我们来贺贺。当然有一句不能说的话。"

"我最喜欢听不能说的话。"宿娟娟喷了个烟圈。

"不能说就是暂不说。"张新潮又转入正题，"把桂芳河上的这个企业导入4S管理，利用好丹桂食品的压缩机，规划考虑香料的精深加工，充实研发队伍，提升产品纯度，甚至拓宽销售市场，其实销售市场你不用愁，有我在沿海开拓。"

"我下午和财务部聊了聊，包括扩大现金流、合理避税、整合多头的资金来往。"宿娟娟补充着。

"宿娟娟说得对，明天我们分头培训有关人员，分析师也可以对人力资源、精益管理、电子商务做一些咨询。"张新潮说。

"太好啦，太好啦，你十年的国企香料业厂长，做这些轻车熟路。我们的企业现在需要的就是这些而不是其他。马上有一个桂芳河珍禽，形似野鸭，口味实在像那天在珠海6号店吃的穿山甲的味道，慰劳你们。"宿娟娟提高声调。

张新潮又说："卫星啊，你的眼界还是低了些。我强烈地感觉到，你，现在也包括你的这几位朋友，我们有一种商机，不能失之交臂，不能擦肩而过，不能熟视无睹，不能闻所未闻，对，就是房地产！如果你不喜欢这个提法，就说成是工业做大的衍生产品也行，做大工业的工具也行。你可能了解不那么多，让分析师给你搜一下，国内或央企、省企或民营，哪一家知名的企业不涉足房地产，你不是说要插上翅膀吗？我给你入股的资金，加上宿娟娟找的那一家做些风投，还有分析师你家大哥正寻求跨行业经营，为这里也拿一点。其实以现在行情吧，资金在这里最多一年，让贾求琛尽管安排五证一书提早办好预售，那不就很快做大了吗？"

良久，大家都没有吭声，只是眼睛眨巴着，那珍禽上来了没有人动。

分析师开口说："何总，我倒想与你沟通一下，请允许我说一些另类的话，不知你是否感兴趣。你刚才看到，我手里一直有一副扑克牌，其实我在南方测算一些未知的事情，有一副非常精美的玉石共六十枚，那是我在成都三星堆的古玩市场上买到的，灵验啊。现只有扑克牌代替了。我算出了这城区共十一家，国有企业相继都偃旗息鼓。这地方，风水不可谓不好，但不适宜成长工业企业，这十一家工业企业的分类是化工产业，以煤炭石油为主要原料的两家，机械制造三家，其中一家就是农村小水泵，压水井做一百台水泵赚的钱赶不上一台消防水泵，后期基本上是赔钱赚吆喝，但另一家还是辉煌过，曾经生产过这一带第一台手扶拖拉机，但现在也不行了。还有吧……"他的眼睛紧盯着那桂芳河珍禽，仿佛答案都显示在那上面，"三家食品，丹桂食品是一家喽，它的状况我们都知道了，不用多说，另一家是咸菜，再一家是面粉。来之前，我曾经电话要到这家门卫，我说我是省工经委，找你们厂长田贵，那门卫倒是很客气，你们猜怎么回答的？'省里的领导，领导好，我们这没有叫田贵的，噢，咱厂长不叫田贵，是革委会主任吧？厂长不姓田，姓啥？我还真不清楚，是去年年底从县里调来的那个吧？他是副的呀，你别慌，我去问，我去问。'"

大家笑得前仰后合。分析师结合着这个案例说明，"这个企业管理得不到位不够深。"宿娟娟骂了他一句，"我日你小姨，你这孩子污蔑我们家乡人。"分析师很严肃，"错一句漏一字文责自负。"

何卫星一惊，这宿娟娟怎么说粗话，而且与爹骂贾求琛一模一样？他忍不住笑了，但大家仍以为是笑那面粉厂门卫。

"还让我继续啊，好，这是几家企业了？好，还有两家。其中一家上得快下得急，靠非法集资搞的那个树梅保健品，开业奠基时竟来了位国家农业部的副部长，一年之后关门。倒是那个做农用车大市场的盐城商人，貌似实业，实则地产，他七百亩地到手，房地产居然吸引了周边四市有钱人！结论了，注意，何卫星老总。这桂芳河流淌几千年，在我们这个县城，它只滋养商贸，不生长工业。工业生长在哪里？桂芳河流向西北的支流安顺河两岸，不信三十公里处二省四市的六家企业去看看，拔地而起一个比一个胖！"分析师最终总结。

何卫星站起来了，两只眼睛瞪着，很有神很虔诚，他想抓挠着什么，没有抓到，只好抓着自己的头发，然后爆发出一阵粗野的大笑，"我日你小姨，几分钟说出了我们县工业的衰败史。"

宿娟娟脸色似乎有点变白，神态也有些惊愕，"你这番鸟话是从哪些花花肠子里出来的，似是而非，似非又是，相逢何必曾相识，没有道理又让人反思，让人认可。"

张新潮木然在那里，像是深思又像是没能反应过来怔住了。

蒋百仁走了进来说："大家听到桂芳河水边的蟋蟀了吧，声音那么小，居然可以传到这，这个地方就是这样奇怪。"他走到何卫星那里，耳语着，"贾副县长在大门外，让他进来吗？"

何卫星说："怎么能不让他进来，这还用问吗？"

蒋百仁说："我怕他干扰了你们的思路，他天天简直像在热气球上度日子，像是屁股上燃烧着火球。"

何卫星不由自主地审视着蒋百仁，他竟然不知道他会这样有思想。"放他进来吧，不，不，请他进来吧。"一刹那，他觉得包括蒋百仁在内的所有人都比自己智慧。

张新潮突然连声叫着蒋百仁，急切地说："我听得出，有一只蟋蟀中气十足，绝对的斗士，帮我下去逮吧。"他竟然从哪里抓在手里一只小罐。

蒋百仁上前拥抱着张新潮，"遇到知音了，我是本县蟋蟀协会的秘书长啊。"

何卫星则急急忙忙向厂区大门走去。

很远很远，就听到大门被敲击，一阵猛似一阵。何卫星三步并作两步，连声向贾求琛道歉，抓过大门遥控，打开收缩门。贾副县长凌乱的头发，趔趄着站立不稳，但是一副喜悦的神态，向着背后的311国道上指着，"十台压缩机，其中六台都是未启封，全拉过来了，少一根螺丝你就骂我是假牙而不是贾求琛。舒秀敏主席与我配合得太好了，那上访的头头要求参加华东六省武术比赛，我给他们七人拿了两万块钱，又给他们开了欢送会，喝了壮行酒，舒秀敏送他们上了火车站，兔子肉、茶叶蛋、古井贡安排了一大堆，那几个货屁颠屁颠地走了，没上车就把运动服穿在身上。哈哈，我们呢，连夜把压缩机暗度陈仓，马上就到！马上就到！"

"就一个条件，何卫星，你必须答应我，拜舒秀敏主席为干娘，这一程她配合得太好了，我想不出更好的报答方法。细想想，她好像与你或者与这香料业有一种天然亲情啊！待闲时，我还要研究研究。"

站在贾副县长后面的舒秀敏着一身工作服，脸上头发上似乎也有些划痕。他们的确是从生产现场过来的，那机修车间的味道强烈散发着。全世界的机修车间都是一个味道。

何卫星感激涕零，泪水顺着脸颊流下来。他紧紧攥着舒秀敏的双手，先是把笑容做足，"就，就，就干娘吧。"舒秀敏的眼睛也湿润了。

五

一辆辆大卡车的强烈灯光射过来，使得在场的几位，顿生英雄创造历史的感觉。

宿娟娟其实是知道舒秀敏的到来才来到大门前的，她怪怪地叫着："贾副县长，你是真有魄力啊，有句话叫惊天地泣鬼神啊，你这工作干得真乃我党杰出人物，夙夜在公，殚精竭

173

虑，马不停蹄啊。"

"我和你老娘的辛劳你就这样酸溜溜地评价吧。"

她凑近他的耳朵，鬼鬼祟祟的，"你是为丹桂食品厂退二进三，转型地产做清场吧?"

贾求琛哭笑不得，一连用手指点着宿娟娟，竟哑然笑不出声，但眼泪却欲出眼眶，很久才说出几句话，"恶毒啊，恶毒，哪壶不开提哪壶，就这样明修栈道，暗度陈仓，不也两全其美吗? 俗话说，看透不说透，才是好朋友。"他又转向了何卫星，夸张地说:"耳朵被你女同学咬伤了，她在哪儿学的这坏毛病啊?"说罢一屁股坐在门卫的破椅子上，抱起左膝盖，感觉里面撕裂般疼痛。无独有偶，捉蟋蟀的张新潮一瘸一瘸地过来了，脚脖子崴了。

公司里的商务别克，拉着两个腿部脚部受伤的男人奔向县医院。路上，张新潮从怀里取出那小罐，爱怜地看了一眼蟋蟀，让贾求琛听其高亢的秋歌。

医院里的拍片等一系列检查手段还没结束，舒秀敏母女俩来了。宿娟娟拎着热腾腾的邢影包子和喷香的油茶，舒秀敏则微笑着打开一个牛皮箱子，拿出几贴膏药十分得意地在茶杯壁上化开，分别贴在两个人的创伤部位，"药到病除，我家祖传秘方，你们明早就可下床。"


来时的三人，兵分三路而返。

分析师从昨天晚上失踪，他独自驾车到桂芳河的腹部两支流中间的安顺河地带，看来看去，像军事指挥员察看地形一样。天亮时，他蓬头垢面但踌躇满志，还拎着三只半死不活的野兔。他说，他要去说服管工业的副省长，副省长是他爹大学上下铺的同学。这里是苏鲁豫皖周边最具开发潜力的区域，把这里辟成省级开发区，他愿意拿十个亿，率先在这里做香料产业，做到中国龙头老大，亚洲龙头老大。他一阵大笑，随后撂下一句话，你们就等我胜利的消息！义无反顾地走了。

宿娟娟坐郑州飞往云南昆明的飞机，临行时带一袋子邢影的大包子，给妈亲了亲，深情地说了一句，"妈妈，我要让你找回历史。"

贾求琛下意识地脱口而出，"不，不，历史未必深探，还是创造美好的现实，娟娟是正确的，历史与现实常常有惊人的相似。"

"说的什么呀，不知所云，县长就这种表达能力啊。"宿娟娟反讽。

贾求琛连忙夸张地用双手捂住自己的嘴。

"妈，这贾宝昌先生在香港，香料企业做得可大了，但人家很爱国，手机的铃声都是《义勇军进行曲》。和他在一次会上已经熟悉了，当他知道我们是老乡时，就问来问去，当他又知道你是我妈妈时，那感情真挚得让人流泪，说你妈是小闺女时可精明了，入职不久就看出是干部苗子。我们那个时代称为苗子，那时有个电影就叫《春苗》。让我代问你好，他会回来的。但他并没问到贾求琛，你这个县长啊，我怀疑你家有隐

175

情，你不是他亲生的吧？"

"呵呵，倒像你是他亲生的了，那也好啊。"贾求琛反讥着，又转向舒秀敏，"舒主席你不介意吧，你看我在招商引资的氛围中，总愿自降一辈，这宿娟娟可是要称呼我叔叔的。我们斗来斗去只能是位哥哥了。"

舒秀敏掩饰不住内心的复杂情感，脸颊布满浓浓的红晕，"宿娟娟这孩子在发达地区养成了胡乱说话口无遮拦的性格，我们内地还是君是君，臣是臣啊，县长，你别介意。"

"我感谢宿娟娟还感谢不过来呢，穿针引线的其实都是她，你不要以为她说话没大没小的，其实她极具征服力、感召力、向心力。帮我们招商，招商过程中很快连我爹也要招回了。他回来时，舒姐你一定参加吃饭，你们还在一个战壕里共过事。"

舒秀敏撩一下头发，像是产生一种共鸣，用手有力地划了一道弧线，"对，对，那个年代，就常说一个战壕里的战友。"她的眼睛突然穿透时空，闪射出强烈的莫名的光辉。

张新潮连声赞叹使用的膏药简直是妙手回春。送走了宿娟娟之后，贾求琛又陪张新潮在丹桂食品厂后墙外，在桂芳香料公司等处，探寻了两夜蟋蟀，最终还是在蒋百仁帮助下，在古运兵道缝隙里捉到一只斗士般的蟋蟀。


何卫星一整夜都在车间指挥浇铸基础座子。混凝土车开不过来，他们自己搅拌。师傅是从商丘市第一建筑公司请来的，技术娴熟，干活一丝不苟，甚至谈笑都没有。有工人说他是哑巴，从来到这厂里没听见他讲过话。蒋百仁一直在走动着，近乎巡逻，像是这里修军火库。只是到午夜时告诉何卫星，夜班饭已做好，卤面和羊肉汤。何卫星来邀师傅吃夜班饭，师傅甚至头也没抬，继续他的活计。直到凌晨两点半，师傅才放下手中的活。吃饭时他也不吭声，蒋百仁端来一大碗热腾腾的卤面，他好像牙口不好，嚼得很艰难，又把滚开的羊肉汤倒在里面，搅和搅和。蒋百仁瞅着，唏嘘着，"你这伙计真是把上好的料子当破烂卖，厨师把这卤面焖了有两个钟头，你当水泥沙子石子一样搅拌了。"师傅依然没吭声，继续着他的搅拌。当他基本吃完的时候，何卫星走过来坐在他的对面，说了一声，多吃点，干活太累了。他也没吭声，少顷，他用没洗净水泥的手指夹出碗底的一块白萝卜放到嘴里，又眯缝着眼，蹑手蹑脚地溜到右前桌上，捡回一支烟点燃，深深地吸了一大口。

何卫星说："师傅，听说你是解放军工程兵，开山修路架桥打隧道，以后转业到商丘一建，做基础座子技术精湛，我看了，并不是粗活，是需要认真计算的。"

他依然没有正视何卫星，"其实啊，我也很困惑，大大小小的基础座子，我的确做了无数个，但是无一是自然损毁的。这几年，我走到过吕梁山、秦岭，甚至岷山、第一颗原子弹基地，我做的第一个基础座子早已炸掉，可以这么说没一个是自然损毁的、老到不堪重负的。我就想为什么非要建那么坚固呢？说不定，过几年再来看，这里又炸掉了。"

"哦，可不能这样说呀。"

"是说百年大计吧?"这时他才把困惑的目光移到何卫星脸上。

何卫星手机上的短信不停地提示。何卫星一看大吃一惊,全是宿娟娟发的,除了第一条正经的邀请或通知或命令,其余的荒诞无稽。

　　已住进了云南香格里拉香料基地,刚竣工的童话世界,周围无边无际的各色花簇拥着我,惬意得很。请务必于明晚六点前赶到这里,陪我度假,我开车到机场接你,晚上我们自己做农家饭。

　　想你。但总是把你和农村五匠、走卒、贩夫、引车卖浆者联系在一起。这次见你仍没跳出这个视界,但的确想你。

　　你知道我是在集镇长大,小时候见到一个情景让我至今想起来缩巴缩巴的。一个小矮人一双大手给集东生产队的马钉掌,钉扎肉里滴着血,他还在钉,队长劈头一巴掌,一脚把他踹到粪坑边他才觉醒。他歪巴歪巴跑回,硬是用嘴把马蹄的钉咬出,然后抓把软土给马消炎,自己的嘴上都流着血,那人形象怎么就是你?

　　我舅爷是木匠,让他给我家做个遮阳的雨搭,他竟动用了爸存放三年准备做大衣柜的全部木料,那木匠像你。

我二舅那年没考上大学，在镇木器厂干临时工，召集三位同学为医院老院长打煤球三百斤，结果中午喝了人家七斤酒，吃了一个猪头、一挂下水。你像我二舅。

我家的公狗和贾护士长家的小京巴交配，下不来了，两只狗都无奈地叫，另一只公狗嫉妒又把我家公狗咬伤几处，你像我家这只公狗，明知后果严重还要义无反顾。

我六年级同学席运芝留三级到俺这班，给历史老师写情书，缠绵得很。我问她为啥恁爱那口臭老师，她神秘兮兮地说，周六他带她进城吃海鲜面，住在小旅馆，给她洗脚，给她按摩，半夜给她挠痒痒。你也像口臭老师，会给女孩子鼓捣软处。当然你不生贱。

……


何卫星回了一句短信：褒贬是买主，我去。

又听见师傅在自言自语，"不会做豆腐渣啊，没办法，管他谁炸去吧。"

宿娟娟迅速回了一句："苍烟可能会为你升起，但变数几何，难料。"这是宿娟娟回短信最快的一次。

去新郑机场的路上，他想起了曾经送给宿娟娟的那本《收获》期刊，《苍烟为谁升起》是其中一部中篇小说。为什么牵动自己和宿娟娟的心结久久不能释怀呢，尽管宿娟娟常常飘忽不定，若隐若现，但他能感到而且觉得判断正确，自己始终在她心田上有一处居室。像他这个老大不小的年龄，与不少女孩过从甚密，当然性也不是难题。离二十周岁还差两个月时，张新潮带他到东莞，在一个朋友的豪华别墅里，让他喝了半杯洋酒，又吸了几口白粉后，为他安排了一位小护士。他很勉强地接受了那个小护士的操练，就像小时候第一次走下池塘学游泳，大孩子一定要把你按入水中，喝下几口水，呛得眼冒金花，再教你狗刨一类的。那小护士看似文弱，动作却极为娴熟，自己脱光再帮他脱光，看他没反应，用湿湿的嘴帮他全身亲个遍，嘴蹭干时，又用随手携带的矿泉水吮几口。然后，不容商量就在上边作业。以后在西南的香料基地，每到县城或乡镇，当地的客户都会安排这类事，像必修课一样，像招待一顿酒饭一样。碰到两类女孩他绝对不干，一是满口烟味，催着快快快的老油子，二是衣衫褴褛，瑟瑟发抖，显然是为生活所迫的。久而久之，他还是无数次怀念着那一次与宿娟娟的邂逅。

暑假的一天傍晚，他到县城一中去看高中时期的班主任，顺便还带了两盒薄荷结晶体，给老师防蚊叮用。班主任的丈夫是白湖劳改农场的农业技术员，江西农大毕业后分配那里的。他们一直两地生活，所以班主任很乐意学生到她家，特别是何卫星。何卫星凭直觉感到班主任喜欢他，但属于正常意义上的，至多是姐弟般的，尽管班主任只比自己大上几岁。那时很流行讲的故事是《张学良与于凤至》，同学甚至戏言，班主任就是何卫星的于凤至。

进门后，第一眼看到的却是宿娟娟。那时候的她皮肤异常白皙，白边近视镜，黄黄的头发，坐在简易的人造革沙发上，捧着一本书，身子弯曲着，占用了极小的空间。进屋后，她只是抬了一下眼，甚至没有任何表情，随即又回到她的书页上，等于为她看倦了的眼神休整了一下。何卫星有些尴尬，搓着手，踱到卧室的小门朝里走了两步，觉得不妥又退回，在门旁的脸盆附近站立着。他又闻到了只有这位班主任室内才有的味道。班主任住的是学生宿舍楼后的两间低矮小房，说是两间，没有标准的一大间房大，终年见不到太阳，地上又是砖墁地，因此，它长年弥漫着班主任常用的力士香皂味道。班主任每月领工资后一定要先买两块力士香皂，不论寒暑，每天都用热水洗脸，早中晚不少于三遍或四遍，必用香皂，香皂水就倒在地面的砖缝里。屋子空气不流通，久而久之自然就是香气浓郁。有时他也会在芬芳的香味中闻到一种淡淡的腥味，搜寻后发现，班主任办公桌上放着两卷卫生纸。一次，班主任眉宇间凝结着一些痛楚，让他到校大门的小卖部帮买两卷卫生纸。他明白了，那就是班主任的例假期。那时，他强烈感到，没有任何地方比班主任这小屋更冰清玉洁的了。今天这小屋又多了一种香水的味道，这味道他也熟悉，只是一时想不起是哪种植物的味道，肯定是这位女孩散发的。他不想改变班主任寝室的香味留在自己心上的定格，说了一句，"我先出去站站。"

　　女孩终于开口了，"是我的师兄？香料厂的小老板？进门我就闻到你的职业味道了。呵呵，你们当老板的都财大气粗，进门半天也没说往我杯子加点水，献点殷勤。"

"我还以为是聋哑学校学生呢，严肃得让我出汗。班主任呢，小师妹？"

"班主任为你备晚餐去啦，还要让我陪呢，坐下，坐下，我考考你，我看在本校学习的知识和培养的兴趣还剩多少？"她竟示意坐在同一条窄窄的两人沙发上。

何卫星拉出一个小凳子坐在对面，反正是无聊，他也想探探这姑娘到底富含什么品质的韵味。

"班主任说，你也很喜欢读文学，我以为文学不养人，不宜做专业，但受用一辈子，这个观点对吗？"宿娟娟说。

"同意。"

"这一期《收获》的《苍烟为谁升起》，我看班主任还用红笔或蓝笔勾出许多地方，有些地方又用了感叹号、省略号、问号甚至顿号，但一字未批，不知什么意思，你看过这一篇吗？"宿娟娟问。

"看过。"

"那不修边幅又十分邋遢的画家，怎么能把才貌兼备的大学女教师勾引到空气稀薄的边陲？不容分说就是同居，满屋子的蛆虫，他们竟不间断地做爱，你怎么看？"宿娟娟问得很从容、很淡然也很认真。

"那青藏高原的粗粝，画家彪悍的体魄，满屋子为艺术而繁衍的蛆虫，很可能就聚合成女教师最为鲜见最为渴盼又从未抵及最柔软处的兴奋点。她很可能以为，这就是一种瑰丽的艺

182

术映象，是她平凡生活的一个旋律，是她生命的一个高点。教书生活原本是很乏味的呀！"

那段时间何卫星研究文学入了迷，很平淡地说出这番话。宿娟娟的心灵掠过一阵战栗，她张了几次嘴，推了两次镜片，才又说了句，帮我倒杯茶吧。把茶杯推了出去，推得很远，良久才又拉得很近。

在班主任那里还真是有酒有菜，酒是啤酒，菜是全素。他们说了许多话，宿娟娟喝的啤酒，比何卫星还要多。她说，她的父亲教育她们喝酒，每杯必净，习惯养成了。临别，班主任交代何卫星送宿娟娟一程，他们刚刚走过桂芳河的浮桥，宿娟娟扭过身来说："折返过来，陪我重走一下北岸的垂柳地带，那是我考大学的福音地。"在那垂柳岸边，他们又站了很久。突然，宿娟娟伸出双手有些热烈地说："握一握吧，去阜阳办事的时候，到阜阳第六纺织厂女工宿舍找我，那一排红墙红瓦的女工宿舍快要拆掉，准备搬上新楼了，但不见你我不搬。"何卫星竟然双手握住宿娟娟的手腕子，那手腕子冰凉冰凉的，其中一只还戴着比扣子大不了多少的手表。

"干吗呀，像是一双铐子铐住我。"

"怕你跑了吧。"

两人笑了，传递着一种眷恋的朦胧情愫。

# 六

　　以后的岁月里，何卫星无数次回忆起与宿娟娟的这次邂逅，他坚信了一个判断，这就是他的初恋。不论在宿娟娟那里怎么看，只有这一次，只有那攥着对方手腕的时候，他的全身心是一种有生以来的第一次异样的体验。那一刻他热血沸腾，不能自已，以至于连同桂芳河北岸的那个垂柳地带，在他心中都是特殊的地理位置，深深地烙上不可改变也永不忘却的印痕。

　　区间的航班50分钟就到了，走出机舱第一眼就看到站在停机坪上的宿娟娟。她一身休闲装，头上是一顶类似白族的小帽，在这个群山之间颇显寂寥的机场她没有太多顾虑，亲切地拉着何卫星，迷人的笑容贴近何卫星的脸。她问："飞机还顺利吗，午饭在哪里吃的，怎么那么听话？招之即来，想我了吗？"她没要求回答，也不需要回答。在蜿蜒的山路上，在浓郁的民族风情区域，他们的车奔驰着，不疾不徐。

　　鲜花盛开的中心地带，果然有一小片建筑，外表上看像是一个童话世界，走进去就是一个放大的别墅。宿娟娟让他到房间休息整理后，再出来，又问他第一件事要做什么。何卫星说想在苍烟升起之中察看巡游香料基地，观察今年香料的长势和成色。宿娟娟莞尔一笑，"当然的，花的成熟美比人的成熟美重要。"

　　黄昏之中，两人向花海深处走去，时而下行到山谷丘壑，时而漫步在规整的平地，时而拾级到蜿蜒的梯田上。何卫星不时地走入阡陌，搓揉籽粒，捏拿叶子丰硕度。宿娟娟说这次回去最为感动的有几次，在公司里吃饭的时候，她看到何卫星在桂芳河岸边挪动着潜水泵，脸上喷的有泥巴有污渍，背景是北岸的垂柳和灌木。情景再现，她想到了那一天黄昏的惜别，她悄悄为他照张相，回去后仔细观察那表情，完整重演了当初那一次，自己忍俊不禁。还有就是贾求琛逼着何卫星叫舒秀敏干娘时，她也觉得很开心。她想问，干娘那么难开口吗，若是叫娘呢？

　　"还有，当初我把手伸给你，你为什么截取双手上面的一段？"

　　"我认为你那时很圣洁，我已有点龌龊，当企业老板的哪有太干净的呢？"

　　"噢，坦率，再问你，你到我的职工宿舍送那《收获》期刊时，我没出门送你，知道是考验你吗？"

　　"知道，我没生气，但当时也没追你的意思，只是考量一下自己在少女面前的控制力。"

　　"你真实诚，太让人失望。"

　　空气越来越显得清新甚至凉意，起先他们只是觉得空气的潮湿，抬脸试着，才觉得是雨丝，用"目"的最小单位恐才能表达出来。但这雨丝太细了，桂芳河流域是没有的。

宿娟娟突然一个跨步，横亘在何卫星行进的对面，拿起他的手放在自己的心房上，湿漉漉的脸和发丝贴在何卫星的头上、脸上、额上，她是站在上一层的梯田上。她喃喃着，摸到心房的跳动吗？何卫星点点头。她用尽了全身的气力抱紧何卫星，然后脚下使了个绊子，何卫星不留神就躺在那丛茂盛的香茅草上，宿娟娟用左手拇指和食指弯成一个"O"字，把何卫星的拇指套进去，轻轻地擦拭着、摩挲着。

"这个动作是跟谁学的？"何卫星瞪大眼睛问。

"泰国芭堤雅街边的土著女孩。"宿娟娟眯着眼睛回答。


翌日十点，宿娟娟才睁开惺忪的眼睛，一丝不挂地跳过何卫星，拿过手机开启。何卫星看来早已醒了，只是没敢动。他问宿娟娟，你不是说这一天一夜不准开手机吗？宿娟娟说那是要求你的，我预感有事。果然，既有张新潮的又有贾求琛的，也有分析师的，甚至妈妈舒秀敏也打来一次，这怎么啦？

宿娟娟自言自语，"平时也没这么多电话，不塞不流不止不行啊，越是不想有电话，越是密集电你。这干吗呀，这些人集中干扰我的私生活，这人道吗？"再翻了张新潮的一个短信：开机后请回电。贾求琛的一个短信：张总联系你了吗？分析师是五分钟一个短信，内容纷繁。

"这是怎么啦？"他俩不约而同。

"我俩睡一夜就生金娃娃？"宿娟娟说句俏皮话，明亮的光照下，脸有些红了。

何卫星拉上被，让她倚在床头。

张新潮来电话了，急匆匆地说："宿娟娟你到了那童话世界就春眠不觉晓啊，睡得时间太长啦，别把香料的收获期错过了，有一条十分重要的消息告诉你啦。"宿娟娟这时想象着他那越急眼睛眨巴越快的样子。

"你认真听着啊，安徽管工业的副省长要率团到云贵一带考察，想破解产业带动园区的主题，贾求琛参加。把我们的香料产业在桂芳河腹地带出一个园区，那我们就考虑攥紧拳头，集聚力量，在那里搞总部经济，内地的优惠政策是诱人的，是铤而走险的，像马克思说的那样，我记不完整了。"

"什么？什么？"何卫星一个翻身，连声问着。

"噢，贾求琛今天可能要赶到你那里，你联系地方政府盛情接待……"


七


三年过去了，确切些说两年十一个月过去了。奠基的时候也是这个隆冬的季节，遍地霜白，空气清新，没有风，只是有点冻鼻子。朝阳很大，红光洒满大地，灰灰树梢的鸟巢上，青青的河流上，参差不齐的集镇建筑物上，都闪烁着朝阳的光芒。桂芳河腹地开发区高悬着数十排气球，军乐团、礼炮、推土机。那标语口号撼动人心，"得中原者得天下"、"产城合一，桂芳流香"、"腹地新区崛起之日，小康城市建成之时"。副省长、国家有关部委负责人，香料产业的上中下游企业，四川一家演艺公司的大型演出，电视连续剧《香飘万里》的开拍仪式，等等聚集于此。香料总部基地，张新潮、何卫星、宿娟娟他们满打满算只要一百八十亩地，但省市县三级领导共同商定，给五百亩地，要求分三期一年半建成，其中包括办公、研发、电商、国际合作、生产厂区、物流。当然，政府要求他们在这里建一个五星级酒店。这在桂芳县的建设史上，岂止是浓墨重彩的一笔，按照规划，建成后，等于再造两个桂芳县城。

两年十一个月前，张新潮他们是激情燃烧的岁月啊！张新潮毅然决然辞去了惠州一家国有香料厂总经理职务，携一千万来到这里，宿娟娟在一桩私募交易中，获得了两千万资金拱手端来，而且明确表示她不持有，记在何卫星的名下。那分析师不仅集中了他家乡的一大笔资金，还先后请来了几位风水大师看施工设计，甚至与国家工商银行的一个哥们儿开始筹备发企业债，并利用银行间贷款先搞短融。何卫星只是低调提出，将现有工厂划进新的厂址，他表现得甚至有些疲劳，他不敢奢望，一个农村长大的孩子能够顶起桂芳河这厚重的天空。且不论张新潮、宿娟娟、分析师，甚至贾求琛实实在在的加盟，他们总是行色匆匆，人来人走啊。沉重的担子总要搁在自己肩上。

那时，何大成也来，小姨也来，舒秀敏也来，五百亩地块附近的一个名叫"狗蛋国际酒家"的农家饭店作为定点饭店。因为他们常吃，引来了很多客户。他们常来光顾，固然是因为那里的乡村土菜，包括红烧老公鸡、烧肥肠、卤猪头肉、油焖粉皮做得地道，特别是红烧盘龙（其实就是当地野生的黄鳝）。还有一番很巧合的故事，饭店的老板名狗蛋，与何大成占两字，那国际原来是"过继"两字，这狗蛋的亲娘本是三姨，三姨白血病早逝，将狗蛋过继给小姨抚养，为纪念亲娘，狗蛋给自己的小酒店起名"狗蛋国际酒家"，恰好何大成和小姨都明含暗合在里面。

那时的何大成和小姨已经好得难分难舍，某种程度上是大家的舆论助长了这一对的热恋。

一天，贾求琛、何卫星、宿娟娟、张新潮陪分析师带来的投资机构来这里考察。那狗蛋小老板揭了秘，他亲手端上一盘红烧盘龙，每当上这道菜都是他亲自端还要放一曲《龙凤呈祥》的曲子，放下菜他眉飞色舞地描述着："俺大成叔的驾驶技术真好（小老板称呼得十分亲热），他手把手把俺小姨教得像是玩杂技。"

大家立即会神会心地爆发出掌声，"继续说，继续说。"

"昨天傍晚时分，我到你们工地那片杜仲树、银杏树林里挖荠荠菜，俺大成叔开车拉着俺小姨来了。开始，小姨在那里开了几圈，俺大成叔坐在副驾驶上蛮认真的。后来我快要走出树林，俺小姨极为夸张的笑声把我的目光引过去。一看，我立即吓得躲在树后了，你们猜咋啦？起先我看到俺小姨的马尾辫怎么长到老主任的脸上，定睛看，你们猜怎么着吧？俺大成叔开着车前行，俺小姨坐在他怀里，脸贴着脸身子一纵一纵的。俺大成叔肯定是一丢油门一丢油门，不然车子怎么会随着她一纵一纵而一颠一颠地前行。后来，小姨笑声降低了，连声喊着，叫小姨，叫小姨，叫——小——姨！俺大成叔的车也停在了那里。"

又过了几天，一个韩国的香料合作社来考察，为首的社长七十五岁，同样带一个妙龄女郎，他说他们结婚三年正准备要孩子呢。一路上他们卿卿我我，不离半步。张新潮给宿娟娟、贾求琛说："借机造势，让何老师、小姨与他们也成双成对比翼双飞吧。捅破窗户纸，让这个团队更和谐欢乐，更有战斗力，以后他们都是这个大公司的一员。"

狗蛋国际酒家安排了三个包厢。把何老爷子和小姨均安排在第一桌，说是父子不同席，把何卫星安排到第二桌。张新潮要求，贾求琛必须打破亲情，打响第一枪。贾求琛说这算不了什么，他那小姨夫一天三喝，只记酒，不认人，跟小姨分居原已数年。他希望小姨好，觉得小姨是那种性格，在众人推浪中勇做弄潮儿的人。

贾求琛作为政府官员，提个酒率先说话，"韩国香料合作社社长哥携嫂夫人及众精英慧眼识珠来到中国桂芳河流域，来到桂芳河湾这块充满情爱的土地上，相信哥哥嫂嫂的情爱会与你们培育的香料产业一样馥郁芬芳，这河湾的丰腴只宜生长的就是情爱及为情爱伴舞的各种馨香植物。"

那妙龄女孩激动得哭了。她相貌很平常，皮肤也不怎么白，亦没有怎么化妆，不好猜测她与社长的爱情经历。社长也动情了，连连说着："我携我的爱妻敬这里的长官、这里的老板、这里的朋友和擅长情爱的土壤。"

第一轮酒结束了，社长已有些颤悠悠，头也有些摇，看样子他喜欢在这样的乡村小店用餐。很快地，贾求琛又站起来了，"我再提个酒，这第一轮吧，是有缘千里来相会，社长将会在这里植一株见证爱情的大树。第二轮吧，是何大成主任的只缘身在此山中，在这里，何大成主任缘分到了，枯木逢春，当年驾驶排长的技术又掏出来，一周教会了一个女徒弟。女徒弟现在可以脸朝后驾驶。"

宿娟娟插话，"说得太费解，佶屈聱牙啊，脸朝后驾驶是科目几呀，说具体点。"

小姨猛地站起来，一瞬间脸涨得通红，指着宿娟娟，"娟娟，是你出卖了我，肯定是你出卖了我。从台湾旅游回来的那天晚上，我给你说这次出去只买了十个裤头，其他啥都没买。何大成说过穿什么样的裤头都不舒服，三百元、五百元的都穿过，家中媳妇，街上裁缝，做得都不行，裤头穿不适会影响情绪的。几年前，他无意间得到一个厦门的朋友送给他两只据说台湾故宫对面买的裤头，觉得再没有比这裤头穿着更合适的了。即使后来体重增了二十斤依然舒适，后来，我到台湾什么都没买，就是惦念着给他买故宫对面的裤头，买了十只。"

宿娟娟说："小姨啊，冤枉我，裤头其实算不上什么，有的人眼睛更毒，你那背过脸开车的技术大家都看到了。肥水没有外流多好啊！"

贾求琛说："狗蛋哥啊，你真的要长我一辈啦，我佩服您！在城南镇的时候，我看您眼神不对，想是吃窝边草。果然没出你手心，有本事啊。"

小姨捂着脸嘤嘤地假哭两声，"跳到黄河洗不清，那我就破罐子破摔吧，把黑锅背在身上吧。"说着她拉着何大成。

"为了这大项目落地，为了得到国际友人的合作，我们俩就外交礼仪对应，和社长夫妇喝一杯吧。"

张新潮的眼睛一连串地眨巴了几下，喊着："都要喝交杯酒啊，还是大交，晚上更大的交！"全体人员疾风暴雨般掌声和喝彩！


的确，有省市领导的支持和关怀，园区建设的速度日新月异。据说，那位来奠基的副省长祖籍就在这桂芳河湾，爷爷那一辈逃到山东，副省长成长于山东，做官在河南，之后调到安徽。他一人安排了三个投资过十亿的项目，由于这里有国家级的中药材市场，是河南的邻县，一水之隔，同样搞三个中药产业集中区，他们的项目也建到这里，五分之一的土地成了中药产业园。但是，当初以香料带园区的设想却没能如愿以偿。

一年过去了，"招拍挂"之后，政府的优惠政策没能落实，张新潮他们的资金没能退出，一气撤资撤股走人，分析师筹措的资金还在望梅止渴。

两年过去了，房地产因无证预售，被抓了典型，市直有关部门被重罚。加之整个产业趋于寒冷，工程队假资质，质量出现问题，原厂长趁机上访，资金退不出，纪委驻厂查案。

第三年第十个月刚刚过去，何卫星费尽周折以商贸公司名义卖了宿娟娟基地的产品，工地刚刚建起的四栋车间，拉来部分设备，银行作祟年底催贷账户封了。

贾求琛在政府的民主生活会上，在经济形势分析会上，批评何卫星，不能专心致志地办工业，中途陷入了房地产的漩涡里，使一个走势很好势头很猛各方关注的企业没能做大。他也做了自我批评，认为自己拔苗助长，急功近利。他的讲话传出去之后，有关部门的制裁和不信任更加趋紧了。

何大成的狗市为何卫星担保也动弹不得。一气得了脑梗，好在，恢复得较快，现在只是脚下有点跛，言语有些迟钝，经常是小姨的一辆桑塔纳2000拉着他去桂芳河腹地的工地，去小姨的武术学校，去狗市场。何大成要么不说话，要么一开口就是何卫星的香料企业，他时而微笑，时而愠怒，时而痛哭流涕。我相信，何卫星的企业一定能站起来。他总是直呼他孩子何卫星，很郑重地。

"我们家老八辈没做过亏心事，我们家从干企业做过的善事数不清了。我最心疼何卫星，这一路磕磕绊绊，蒺藜窝都得他走啊，泥凹子都要他蹚啊，银行要债，朋友反目，都是他扛啊。我觉得，他一定能站起来，我相信好人好报。"

当好友来看他，喝茶吃饭时，指着小姨问是谁。他也能回答得头头是道，"从乡里回到县城，干个狗市，退休了，要健身，到武术学校太极拳班，这是我的教练……"

"得了吧，朋友马上会说，要得学会，给老师睡，你这太极拳肯定学得不赖。"小姨现在已经是满不在乎，她给客人倒茶，一脸笑容，当然也隐隐流露着伤感。

"我现在还顾忌啥，我的全部家当就是武术学校，连同狗市都给何卫星做担保了。我自己亲生儿子也没付出那么多，人给了老何，财给了小何，很可能是上辈子欠他们的孽债，但是我相信，何卫星这样忍辱负重，终能修成正果，你们看吧。"


## 八


人社局执法大队发来一份函：时届元旦，你们欠农民工工资206万，欠工程到期款380万，今年的春节与元旦相距很近，请及时准备，如果发不出，化解不掉，影响了维稳，将按照县【2010】69号令，严肃追究法人代表责任。

国土局发来的函更加严厉：请于12月31日5点前将拖欠的土地出让金连同滞纳金6400万上缴到我局财务账号上，逾期不缴，将依法处理。

何卫星的头大了，非常大了。

特别是国土局的这个函，那土地出让金的优惠部分怎么又加上了，而且滞纳金是按照没有优惠时算的。这个天文数字，的确像是关门打狗啊。他走到压缩机车间，浑身内外透着凉。走出去，向着厂区后面的小角门。小角门下面是桂芳河的一个

194

亲水台阶，他一步分成三步走，像《红灯记》里的李玉和从监狱出来那种走法，他的头发也花白了。平心而论，他的文化背景不足以应对这样的大开大合，大起大落。他对自己的人生设计，就是接过父辈奠定的基础，做一个殷实的企业，完全凭自己的诚实劳动。如果不是贾求琛的父亲在生意场上弃父亲而去，自己正巧高中毕业没考上大学，他可能会做别的选择，比如参军，比如在乡镇考上农经员转干，然后做个企办室主任一类的。他甚至连乡镇的书记都没奢望过。这亲水台阶最近散步的次数实在太多了。他下意识地打开手机，再听前天与张新潮通话的录音，当然他不是有意录下的——

"张董，张董啊，你还是回到公司来吧，新来的董事长那做派我们都受不了，他好像多年没花过公家的钱似的，一过来就问职务消费，换豪车，办高尔夫会员证，参加凤凰古城的什么行业研讨会，从联通公司要来个女秘书。他公开说，他的任务就是花钱，花钱就是助推企业发展。张董啊，我们真的想你。"这是他原公司的行政总监深夜打来的电话，声泪俱下。张新潮解释说。

"张总啊，你去的那烂地方是长企业的吗？你已经是香料行业的领军人物，珠海大学的正高教授我正帮你弄。再过几年，工程院院士都有希望，你是不是嫌这样进步得还慢啊，够快的了。你是想像史玉柱那样的翻升吗？根基不牢，摔一下跟头又回到原点上。"这是他的朋友，市政府秘书长给他的忠告。张新潮解释说。

"张总，亲爱的张总啊，咱做得还不够好吗？那丹桂食品厂搞房地产，你投上快一个亿，拿不回。桂芳河腹地开发区的大项目，土地出让金的优惠不返还，又一个亿。苦海无边，那穷乡僻壤是一个吸金的蟾蜍啊。"这是生意场上的一位女友的话。张新潮解释说。

他喜欢学着各色人物的口吻叫自己张总或张董。张新潮的录音连同那无奈的通话让何卫星无言以对。

宿娟娟最近好像也联系不上，她一直在关机，问她妈舒秀敏，说也是联系不上。是不是摊上了什么事？他总觉得那么年轻的女孩子挣钱来得太快，他觉得私募那里面充满了狡诈诡谲甚至恐怖。他甚至曾经想劝宿娟娟，回家乡的香料产业做一名实实在在的财务，打理好收益和负债，做做成本分析。但他一直没说出口。此时此刻，他想念宿娟娟。窘途到来时，她能与自己寒窑风雨吗？他觉得还是有这种可能的。

那分析师倒还是很执着的，隔三差五地给何卫星发短信。"要挺住，要坚强，天将降大任于斯人也，先苦其心志，劳其筋骨，那是看见桅杆的一只大船，是躁动于母腹中的成熟的婴儿。"只是分析师本人搅在家乡涉嫌非法集资案的漩涡里，但他却从没提及想要回一些资金，当然也无资金可以变现给他。至少，何卫星觉得他那满口谶语的真实内心里，还是有着男人的执着。他是胶东人，他的爷爷是邓世昌致远号的水手。

不论坊间怎么流传贾求琛副县长的态度，何卫星没有记恨他，甚至没有埋怨他。他以为要求官场人物没有一点两面性是不可能的。在丹桂食品厂变为房地产那旷日持久的至今未了的过程中，有贾求琛改变不了、推动不了、左右不了的诸多程序、陷阱，也有他亲自安排、亲自设置的一些障碍和藩篱，甚至他亲自安排财政、房产商扣下几笔资金。比如桂芳河腹地开发区的大项目，已三改规划，不仅仅把香料总部的产业旅游的主题公园挤掉，随着项目进展的缓慢连出园区道路都成了问题。原来南门、东门面对的两条主干道都辟出一块用来建高楼，特别是正门前的新潮大道（那是张新潮命的名，政府从了他）被一座十万平方米的商务综合体替代，这也是让张新潮最为恼火的。现在的厂区大道变成了一条S形的在商务楼下部隧道般钻出的小径。

他和贾求琛这期间也打过两场球，他们激烈冲撞变得太少了。像抗战神剧那样，类似小孩的捉迷藏，显然是体力不支、心神犹疑。他们还相约去看看何大成和小姨。在球场边灰蒙蒙的草地上，喝着保安蒋百仁给他们泡的祁门红茶，贾求琛给何家老爷子通了个电话，"我是喊你狗蛋哥还是喊你小姨夫啊，噢，卫星在时喊你小姨夫，不在时喊你那个。我要警告你，你们不能再生孩子，不能分卫星的财产，好啦好啦，争取这周末和卫星到你们那里吃饭，你亲手做个干煸泥鳅。"怎样热闹，也形成不了从前那种氛围，形成不了从前那种效果。这个电话他是背着何卫星通的，然后又转过身来，把免提打开。何卫星听到老爷子的话，"求琛啊，还是那句老话，不积跬步无以至千里，悠着点。能给老头子要个电话，我是高兴的，我现在不敢给卫星要电话，老是冲我。你们相互鼓励着，没有过不去的坎。你爹捎信让我到香港住一段，我说没有心情，几个年轻孩子正受苦受难。他说作作难也好，有什么大惊小怪的。他这两年一是走向国际化，二是股东间出现点麻烦，但生意依然很红火，过些日子他回来，多烂的摊子他也能收拾。青出于蓝一时还难以超过蓝啊。"

何卫星也感受到贾求琛的难以承受之重，那许许多多的难言之隐，都躲藏在与老爷子通话的背后。尽管他没听到那么多。

财务科长走来，声音不大，"银行不给贷款了，说是隐患较大，要降低信用等级。"

"知道了，你回吧。"何卫星说。本来是A级信用，竟跌至如此地步。


桂芳河上飘起了零星雪花，抬眼望去，厂区上空的雪花似乎比这儿汹涌一些，怎么没入冬就有雪花了呢？何卫星有些不解，再看看衣服，下面穿的，内秋裤外牛仔，上面则是内秋衣，外是韩国出差买的休闲服。厂区的广播突然响起，播的是歌剧《白毛女》的曲子……这厂区广播是何卫星倡导的，他以为广播是企业文化的重要工具，太重要了。只是很长时间没人开过。当然近日他也是很少回到这个厂区。他觉得蹊跷，大踏步地向厂区办公中心走去。

踏着北风吹雪花飘的旋律，那声音好像愈发强烈，像是把唱机开到了顶点，有点把五脏六腑都震动着似的，整个胸腔也变成了音响的共鸣。

迎面舒秀敏走来了。她像是刚刚从外面出差回来，明显装饰了一番，大波浪的发型，面容也整理清亮，眉毛像是修过，一袭青色的半短风衣，庄重大方，筒鞋是半高跟的。何卫星看到一愣，嘴张了几下没有说出话来。

舒秀敏微笑着，显得镇定自若。"卫星，报告你个好消息，我是我们省批准的第一批非物质文化遗产第五代传人，什么内容，你不知道啊？膏药。"

"从我爷的爷那一辈子自大别山逃荒到这里，创业仁圆膏药房，民国时期响遍了淮河两岸。这膏药的最奇特效果，可治跌伤、创伤和各种关节疼痛。我们县县志有记载，新四军抗日战争纪念馆有记载。本来是传男不传女的，但从爷以下，都是女的，所以那配方我熟悉。丹桂食品厂改制的那一年，北京同仁堂找到我，出七百万买几个剂型的配方，我毫不犹豫地拒绝了。因为这配方是从桂芳河畔生长出的一块瑰宝，不能用我的手把它割舍走啊。丹桂食品厂那里我动用了蒋百仁，他找几个索债公司的哥们儿把外债收回四百万，到年底还可以再拿回三百万。这蒋百仁可是真的效忠这个企业啊。"

她越说越兴奋，又凑近了何卫星，"不瞒你，前些年贾求琛他爹突然来信，要两个小配方，我给了他两个，你看东南亚卖得火爆的什么青膏、紫花油一类的，其实我给他时也摘掉了两味主力药物。噢，他最近可能要回来了，说是看看我，我会让他助你一臂之力的。"

何卫星的眼眶盈满泪水，十分自然地叫了声干娘。舒秀敏甚至有点脸红，但连连答应着。

"那是助我们一臂之力，其实，催使我扛着再扛着，像牛在死泥凹子里拉车那样，瞪着血红的眼睛把后面辎重向前拉，我是有一个不变的信念，建一个规范的厂子，让你正儿八经地当上几年工会主席。我认为你给予丹桂食品厂和这个桂芳香料公司以及那个大项目的支持都是无私的。我都读懂了。听说你是原县一中宣传队的，演过白毛女，许多师生为你的演唱流泪，今天，我也流泪了。我不会倒下，我愿意从做膏药开始。从膏药开始，有什么丢人的？生产多少年，我们没有自己的终端产品，这下有终端产品了，这膏药中的几味香料都是我们长期生产用的，随时都拿得出来的。"何卫星少有地动情，目光凝视着舒秀敏。

"看，蒋百仁过来了。"他大声喊着蒋百仁，"联系一家广告公司，在门前的311国道旁竖一个高炮广告，叫做中原膏药第一厂，听明白了吧？"其实蒋百仁已经跑到何卫星面前，他依然是用尽丹田之力喊他，有些歇斯底里。

"中原膏药第一厂啊！"蒋百仁拍着舒秀敏的肩，神秘地笑着，"老姐我知道啊，你家的膏药库里还有目前最好卖的，壮阳的，听说，手指甲那么大的一个微膏药贴在尾骨上，效果极佳，哈哈。"

广播里，在高唱着，"年来到，年——来——到……"

# 九

连篮球场都改造成膏药车间，销量最大的先是中原地区，其次是南方湿热地区，再次是东南亚的一些较为贫穷的国家。

那分析师又过来了。他曾经在央企的医药物流做过策划咨询，果然身手不凡。什么生存板块、发展板块、战略板块，疗疾类、保健类、养生类，再细分，速愈类、治本类等不一而足，全国市场他分成五大战区外有国际市场。他还认为房地产项目即便经历了那么大的迁延和跌宕，依然是保值增值的，当然为宏观政策买单的那部分还是让人很心疼的。

省里为主导产业补贴的三千万资金下来了，要求一季度前务必落地。他们这一次接受了教训，准备在腹地开发区厂区的"腔门"上（工人的话形容的，意思是厂区的最后部），建附属动力车间，做精准投入。没想到这方案又很快被叫停了。说是与一家刚刚意向的大项目安全距离不够。蒋百仁真的火了，他没有跟何卫星汇报，带上几十号员工，每人发给误餐费，打着两幅大标语：非要把开发区头号企业打造成猪腰子吗？另一幅是：爹要为儿子出生让路几回回？何卫星知道后没有批评他们，误餐补助费如数报销，安慰了蒋百仁，注意保护好自己，学一学信访条例。

资金松动了，狗市作为抵押物也被解封了。狗市建设又是热闹非凡。分析师说，他预测过住进狗市的多数能生儿子。何老爷子也觉得奇怪，为什么那么多人要买狗市的房子？他让小姨开车又到省医院做了一次万把块钱的PET-CT，虽没说是三十岁的心脏，但通体无大碍，只是胃肠上有几点息肉。他中气上升。他们美美地吃了五斤大龙虾。在鹤松宾馆那特宽的大床上，他跟小姨耕耘了两个钟头。小姨连声赞美着："不知五十九岁那年你到底啥样，早知道那夜就不走了，今天你自己吃饱喝足了，也让我喝足吃饱了。明天到九华山再拜拜。"

"我到太清宫把明年的运气算过了，有一百五十万的纯利润攥在手心里。卫星也是转运了，咱再帮一把，他属于那种有福不在忙，无福跑断肠的人。"何大成说。

"那你给我也下颗种，让我也再生个这样的孩子呗。"小姨说。

"就怕地不肥沃，长不出苗。"何大成说。


舒秀敏是在第一时间到郑州的新郑机场接贾宝昌的。那时整个机场多是"好想你"牌河南枣的广告，舒秀敏在机场的出口处，望眼欲穿地瞅着女儿宿娟娟的身影。差不多这个航班的人都走完了，一个胖胖的男士抵近了她，轻轻地唤着她，"秀敏，秀敏，看我是谁。"舒秀敏被吓了一跳，下意识地说了声，"干吗呀，吓死我啦！你，你是，你是贾厂长？怎么是你，怎么是你啊！"

贾宝昌放下行李，双手紧紧握着舒秀敏的手，"我是专程回来看你的，专程回来感谢你大恩的。回来得有些晚了。"

原来，一周前，张新潮的公司携行业内的大佬们在云南丽江那个基地的童话世界搞了一个交流活动。当然那童话世界又扩大了几倍。宿娟娟以张新潮合伙人的身份坐在主桌贾宝昌的身边。她以"我是一个神奇的女子，又是此时此刻你最愿关爱的女子"为开头，开始与贾宝昌长谈，直到曲终人散。

"大伯，我还要再送你一程，沿着那香菜地的田埂。"宿娟娟说，"你们这一代人的酸甜苦辣，对我们这一代人都是人生的教科书。大伯，你不要忌讳，上高中的时候，我偷看过你写给我妈的一封信。因为，那时我爸还活着，这是你知道的，她又不忍心把你的信扔掉吧，半夜里她悄悄打开我的门，站在桌子上，顶开了一块天花板，把一个报纸裹的东西塞在上面。然后给我掖一下被子，又悄悄走了。恰巧，那时，我还醒着，不久，我就憋不住了，偷看了你们的禁果。"

贾宝昌在一阵深深的战栗中勉强地笑一下，然后又深深地点点头，示意她继续说下去。"我理解你这些年不回家乡的原因，贾求琛不是你的亲儿子，但他却是一个不可多得的百折不挠的行路者，从这一点上，他更像你的亲儿子。"

沉默。宿娟娟不敢再说下去了。

一弯月牙挂在中天，基地显得格外沉寂。贾宝昌步履显得有些蹒跚，也许是上坡的原因，"我是该回家乡了，帮我买去新郑机场的票吧，一周后，让你妈妈到新郑机场接我吧。要给她一个意外惊喜，当然也要看看老何、求琛，那块土地、那桂芳河、那个丹桂食品厂和你们几个年轻人干的大事业。不是不回啊，特别这些年，每年都有几次回去的冲动。不说了，娟娟，你又是我的一个恩人，是你的激励将我的冲动变成行动。你那口无遮拦的锋利，剜去了我日积月累在心头的茧结。我该回去了。休息去吧，你们年轻人好困。"

宿娟娟回房间了。开始还没有留心，一抬头，恰是那一年何卫星过来时，他们日上三竿才起床的房间。

何大成、贾宝昌、小姨、舒秀敏，他们乘坐一辆商务车驶向桂芳河腹地开发区。

原来，工业副省长等早在那小饭店前的八仙桌喝着祁门红茶。

老何、老贾骂了一路，那俩女士笑得前仰后合，俩老头子最后竟撕扯起来，连司机都减了速。

副省长抓着贾宝昌的手，"老总啊，我去广州香港三顾茅庐，你都给我虚与周旋，这次不知动力来自哪里啊。"他看了看小姨，又看了看舒秀敏，发现四个人脸上都荡漾着春风。

"省长啊，惭愧，我不积累个万贯家产哪敢回家乡建功立业。你把家乡的大片土地给我，我岂敢广种薄收呢？"

一个戴着眼镜的年轻人急匆匆地跑过来，他抻开一卷图纸，"大老板，你啥时来的？我是华东板块市场规划部负责人，就是脚下的这个企业，因安全距离要避让我们宽六十七米，长……"

204

贾宝昌有力地挥一挥手，"打住，打住，融为一体、合二为一喽！你知道，前几年中国香料市场产品最多的是哪一家吗？远在天边近在眼前，我们前两家公司上市，离不了他们的贡献，他们是本公司最优质的客户，我已安排财务总监借六千万资金让他们加快做产品，随后尽职调查，评估资产，考虑并购事宜。"

好像这一切都已经商量过，贾宝昌刚刚和谁商量的呢？

突然，舒秀敏走上前去说，"那膏药生产线，不进入评估的盘子。"

贾宝昌笑盈盈的，"好说好说，那以后为我们养老好吧。"

贾求琛的电话传出了张新潮的声音。这时大家才发现现场还有贾求琛，他打开了免提：

"宿娟娟押解叛逃者张新潮已到新郑机场，两小时后来到桂芳河腹地，最大奢望立马打场球，少壮对老成。"

少壮当然还是那个阵容。老成呢，贾宝昌、何大成、舒秀敏、小姨，领队是副省长，副省长还兼着裁判。

还好，只有舒秀敏没打过篮球。

原载于《中国作家》2016年第6期

# 初为人师的地方

　　那一年，我十岁，是小学五年级的学生，还是班里的学习委员。我的家住在离镇三华里的丁庄分校，是所初小建制的学校，母亲是这里的老师，教二年级的语文、算术、唱歌、体育。一天晚上，我刚睡下，母亲就叫我，说她的头晕病犯了，要我第二天帮她上两堂课。母亲扶着隔墙，给我交待一番明天上课的内容，让我坐起，披上粗布小袄，备课……

　　老椿树上的钟敲过"预备"之后，我走进了丁庄小学二年级教室。这时我并没有怯生生的感觉，相反还觉得很"老练"。因为，母亲这个班级我多次来过，当大家写作业时，帮助解疑释难，也认识了这个班的班长丁成影。她来这个班上学时已经十四岁了，个子在班里也是最高的，那时已有一米六多，相比其他同学显得懂事多了，母亲就让她当了班长。

　　算术课，我把100以内的乘除法列出四个式子，点了四位同学"爬黑板"，其中有班里出了名的调皮鬼丁成行。很快，其他三位同学都做好回到座位上，丁成行一直在那抓耳挠腮，做不出。此时下面的一位同学看到他做了小动作，站起来说，报告老师，他把左边同学的答案0改成了8。丁成行恼羞成怒，跳下去和那位同学厮打起来。我只好去拉开他们，罚丁成行在后墙站着。然后我开始一步步地把丁成行做的那一题演示给大家看，还没写完，听到后排有些躁动，转身一看，丁成行嬉皮笑脸地带着后三排的同学跳起舞来，嘴里喊的却是：尿床了！小老师！小老师！尿床了！

原来，他们进学校时所走的偏门，正对着我家。昨天晚上，由于备课睡得很晚，我把铺被整个尿湿了。早上，晒铺被那个地方，几乎就成了偏门的"屏风"。丁成行导演的这个闹剧太让人难堪了。开始是叽叽咕咕地，后来声音变大了，不仅仅后三排，在他的撺掇下又向前蔓延了，甚至后面的女生也参与其中。我一时手足无措，目瞪口呆，只能将求救的目光投向班长丁成影，只见她两眼愤怒地望着丁成行，然后脱掉两只鞋，狠狠地抡向了丁成行，嘴里骂着：你个坏小子！你个大孬孙坏吧！我也忍不住了，泪水泉涌般流出，跑出了教室……

十分钟后，丁成影领着丁成行给我道歉，中午吃饭后，丁成行又来拽着我跑出去，说要给我换麻花吃。他拽着我跑到丁庄农场的芍药地头，叮嘱我说，我用脚踢掉的，你漫不经心地拾起来揣进怀里，然后再跟我跑！他用脚把地上的培土弄松，再向前猛地一踢，一棵芍药芽子就应声出来，如法炮制，又来了几次，我就按照他设计的动作捡起，片刻，他拉着我，又是一溜烟地跑起来，到了一个小卖部，用芍药换回四根麻花。分给我两根，丁成影一根，他留一根。

多少年后，我始终不忘那一堂课，那个丁成行，那个丁成影，还有那班里我能叫上名字和叫不上名字的同学，那个破破烂烂的乡村学校。后来又一次遇见丁成行，才知道他如今成了企业家，自家中药企业已做得很大。见了他，便勾起我去看一看那个丁庄学校的强烈愿望，但去了两次，竟没找到学校的所在，有老乡说学校已经被撤掉了，成了什么种植基地。向丁成行打听，他反问我，谁说学校撤掉了？建设得很漂亮。你等着吧，今年五月鲜花盛开的时候，我去接你，可别自己瞎摸了。

今年的5月10日上午10时许，我应约在亳州宾馆门前，一辆商务大奔驰停在我面前，司机非常礼貌地把我让到车上，连声叫着叔叔，叔叔。他是丁成行的儿子小丁，他热情地迎我上车，便向丁庄学校驶去。一路上如同进入了花的海洋。牡丹是盛开期，争奇斗艳，又簇拥成团队，芍药花是初绽期，羞羞答答，眉目含情，微风吹拂之下仿佛一群赶庙会的少女。泡桐花落英缤纷，像是一个个玲珑小巧的短裙，缓缓地摇曳、飘然。曲曲弯弯的花径中，车行了足足半个小时，小丁非常善解人意，放了一支轻柔舒缓的曲子，没再和我讲话。我的确是如痴如醉，完全忘了自己身在哪里、又要往哪里去。

车停下来了，直入眼帘的是与这花海极不相称的一棵粗大的老椿树，那老椿树上已半树死枝，高处挂着锈蚀斑驳的钟，立刻让我认出这就是那所丁庄小学！不错，丁庄小学！整个轮廓酷似当年，但建筑材料完全是钢筋水泥彩瓦的，甚至连塑胶跑道健身器材都一应俱全。小丁引导着我并轻声介绍着：这里的确是一个三千亩的中药种植基地，而这种植基地，正是父亲投资规划的，选址时特意以这所学校为圆心布局的。基地还有另外两家企业的股份，但这学校完全是自家的。说到这里，小丁示意我看一处教室，今天是星期日，学校和教室都很安静，教室的门是农村木匠制作的泡桐板老样式木门，桐油漆得黄澄澄的，右上方桐木板白底红字，字也不是电脑制作，而是手写的，很工整：丁村小学二年级教室。

我上前抚摸着那门，寻找着缝隙极力向里看，脑子里涌出几十年前那堂课的光景。小丁在后面轻声告诉我，他父亲已经下了高铁了，快要到这里了。他说他父亲多次念叨，我退休后让我来打理这所学校。我深深地点着头，泪水夺眶而出。

原载于《人民日报》2015年5月30日

# 花开时节

随着频频叩门的声音，是一连串的喊声、笑声，夹杂着话语，领导、师兄，开门吧，我是燕子，飞燕，马飞燕啊。咱桐花社区环保专员。您是认识我的，紧接着是一阵笑声，那笑声的韵致多样化，时高时低时密集时舒缓，颇具有表演的意味。而且没有因门内的不应而停止。相反，这门若不开，可能门外的笑声就一直以悦耳的节律回旋荡漾着。

我住的小院背靠高楼，大门外的任何声音都有一种音箱般的放大效应。听到"领导和师兄"呼唤时，我也是刚刚把大门关上3～5分钟。她所有的声音像是一场小话剧尽收耳中。她是30多年前十八里镇中学的一位小校友。人很活泼，特别是经常在学校的室外黑板报上做一些插图，引得许多同学观看，一时成为"公众人物"。不知是她刚来不久，还是我在家待的时间不多，几个月前的元宵节晚上我们才复又认出。

那天我刚打开大门准备到外面走走，门外一男一女伫立两旁，仿佛知道我将要出来。他们微笑着向我打招呼，女的正是马飞燕，她一连串的话语就说开了，领导，元宵节快乐。这位成大龙是咱们桐花社区片长，也就是专门负责你们这一片居住环境，要努力达到安全舒适洁净的。我是县城环保局派驻下来的安全环保专员，实际就是打扫卫生的。需提醒你，你们家刚才燃放的炮皮倒进了垃圾桶，你们家的17号垃圾桶，就在天然气管道下面。刚才燃出了火，冲着天然气管道撩出火苗，被成大龙片长飞起一脚踹到一边。今后要当心啊。我充满感激地轮番看着两位，连声说，对不起、对不起。马飞燕一连串的笑声，那笑声像高中女生，嫩嫩的咯咯的，如山泉流水、早春小鸟，与她那年龄反差很大，让我惊奇。马飞燕上前一步，拍了我一下说，"谢什么呀，我们本是同学。记得35年前，那位常在黑板报上插图的女孩吗？"

"是你？"

"记得学校体育比赛常常拳脚耍得风生水起的那位黑大个吗？

"是他？"

"是的，成大龙，比成龙多了一个大字。"我用手点着两位，"啊呀——师哥，师妹。"我油然生出一大堆亲切。我笑了，笑的时间很长，以至于自我感觉有些失真。笑声酷似30多年前那乡镇中学的学生。我对这笑声有点懊悔。成大龙依然没有说话，只是用力把嘴巴向上翘了三次，表现得很淡然。

"我们还在最基层干着劳动光荣的事业，只有你是羊群里跑出的驴，是我们镇中学的骄傲啊！"她又咯咯地笑出了眼泪。

我把大门拉开了。她眉开眼笑。拉了很长很长的声音，是充满真挚深情的呼唤着我，师——哥，继而，几乎是半个身躯携着我的右胳膊，并用她结满厚茧的手扣住我的右手。我瞬间有些吃惊，那只手怎么会有那么厚的茧呀。她把脸又反转过来，和我四目相对，似乎距离太近了，我被她盯得有些不好意思。这时她又是一副无助的近乎苦笑的神态。她有点神秘兮兮地诉说着，这60岁的老太太怎么与16岁的小姑娘思维如出一辙呢？先不说这话了。求求你给成大龙说句话，别让他参加5月19日在桐花广场举办的本市好人榜颁奖晚会，你别问啥缘由好吗？说毕，又摇晃了我一下。

门前的巷子里不断过往着行人，我觉得这情景有些尴尬，又觉得她的话让人费解，就建议她到我家客厅喝茶。她说，这些鸡毛蒜皮的事，不敢在你豪华的客厅鼓噪，劳您大驾，我就陪你观赏怒放的桐花。看看我们这些小人物如何编织锦绣文章好吧？

决不能把劳动者都看成四肢发达、头脑简单，她还真是聪慧。一路上指点江山、激扬文字。师兄，你指导一下这"六城同创四字诀"，我凑的文字，"人要青葱，楼袂新城，车盯信号，林酿清风。街绝尘染，湖面为镜，荡涤污秽，丑恶遁形……"

别见笑、别见笑，下面才汇报到核心内容时段：去年的七夕情人节时候吧，那时我还在十八里镇民政所工作。下班之后，几个老闺蜜相邀在城市森林带的大排档喝啤酒。大家都喝得晕晕乎乎的，各自回家了。临别还相互击掌打招呼，"各回各家，各找各妈!"我骑车到森林带中间的小公园里坐下，脱下上衣纳纳凉，自己创造的环境也享受一下嘛，又哼哼着好一朵美丽的茉莉花，心情惬意极了。突然，背后有一个男人揽过我的头就亲，一只手又伸进薄薄的汗衣乱摸。我被这突如其来的侵犯吓呆了，一时没有任何反抗。他顺势把我放平在那里。这时一个强烈的手电筒灯光照过来，伴着成大龙沉闷的吼声，现在回忆还像武松景阳冈遇到的那老虎的吼叫，那坏人箭般跑了。

从此啊，你说我这思维啊，乱了，控不好了，脱了缰了。她摇了摇自己的头，嘴还连声啧啧着，每天都要见到他!谁?成大龙。见不到他就不踏实，就拨他的手机13956711698，如果不接，继续拨。有时让他气得发火。他小火时我不火，他大火时我小火。有一次，我也刺激他，谁让你那天晚上赶走歹徒的，你不赶走我就从了他。他听过，把正在吃饭的碗摔了，把手机摔了，我哄了很长时间，还掏出张卫生纸帮他擦擦眼角，又帮他修了手机。这之后有一段时间我们还是很享受的，上午吧，我让他沿城市森林—桐花湖—洛神路巡检，我则从百合路—逍遥路—仙翁大道干完活就过去。正好中午会同在荷叶小酒馆吃盒饭，那时喝汤都发出哧溜哧溜的响声，有时我们竟比着谁喝得更响。从省长来检查工作后这个规律又打乱了，我们的工作又加个追查建筑扬尘源头和工业三废源头，经常吃不上饭了。

　　一处建筑工地施工的通道口，他把我移交给他，成大龙。成大龙拉我坐在监理室。那临时钢结构的二层小楼上，所有的窗户里都伸进了桐花，桐花丰腴肥硕，身上浅紫，口处颜色稍深，花蕊是等距离排列一周的如金针菇般，粉黄色。她是北方大面积桐树上长出，不需培育，到了时节，便在你的仰望处，簇簇群群、团团队队，像是天外跳来的一群群仙女驻足鸟瞰凝望，品味这个丰饶的大千世界。

　　成大龙说，你帮我办件小事吧，说罢一句话就看着我。稍后，嘴巴又用力地向上翘了一下。我也嘴巴向上翘了一下示意他继续说。"上半年的好人榜，又有了我的名字，其实不值一提。在去年我体检时，查出胃癌，那我就做好准备了，你知道我的经历，我原来是在咱十八里镇派出所当所长。喝醉丢枪受处分后，就到康健药厂烧锅炉，一干十二年，到现在还是他厂发工资。老板兰总，是省人大代表，你应该熟悉。这位民营企业老板，人很厚道。我离厂后让儿子去烧锅炉，但这儿子，我没调教好，很杂毛。我第一件事就是先让兰总把他辞掉，免得我死后，儿子以爹换钱，敲诈兰总。果不然，辞掉后，他就在石家庄因电信诈骗犯事了。兰总感动，先带我到北京查胃，哈，浅表性胃炎。当天下午，我俩喝两瓶高度白酒。回来后，奔走社区、县里、市里，为我上好人榜。我现在的要求是，取消我吧，我不愿再露脸。"

　　我有些警觉，这次颁奖晚会有关部门准备了很长时间，在一台大型歌舞晚会中颁奖。市里还安排我颁奖。我的校友出现了变故，我当然要过问。

"你为什么不愿参加呢?"

"燕子不让参加，不让就不参加呗，也不想让她烦心。"

"她为什么不让?"

"说不明，道不白，你问她呗"。

处理这样的小事我还是稳操胜算的。当晚我只是给他们俩同时发一个短信:邀请你们两位参加5月19日在桐花广场举办的本市本季好人榜颁奖晚会，结束后我们十八里镇的老同学聚会。成大龙回复遵命，马飞燕回复，妹跟哥走泪花流。

5月19号的晚上，桐花广场颁奖晚会的现场虽简朴，倒也热烈。细碎的霓虹灯点缀在密密的桐树上，那花显得分外妖娆、分外斑斓。我刚在第一排坐定，后座上的马飞燕就向我打招呼，她好像在争取时间，急不可待地说了一番话，其实，我也不该阻止成大龙参加，这么高的荣誉。只是我怕那个小妮子不学好，就是马盈盈，她也是咱镇中学的，但比起我们是下辈人了，今年最多不到30岁，这人太开放，上学时就跟温州来的箍木盆的好上，之后、之后……唉，我去年在桐花广场见到她，你猜她嫁给了谁，也是我们同学吧，你以后会知道。做药材生意的，在甘肃、陕西、海南买了好几个药厂，他男人常年在外经商，在桐花湖为她买几套别墅，这小妮子现在就是吃喝玩或广场场主，还有个头衔就是市舞蹈协会副会长，当然豫剧唱得也很好，今晚就有她的节目。我看她经常给成大龙发微信，荤的素的都有。可能我也想多了，他们不会有什么的我坚信！你今天给我这个机会，我就坐在这里盯着他们！

"燕子啊，晚一会儿我们老少校友聚在艾叶小酒店吃点乡土菜多有意思啊，别乱猜想。如果你还担心，让这小妮子做我的红颜知己好吧！吃饭时我提出这话题。"

马飞燕一下子站了起来，始是眼睛瞪得很大很圆，继而嘴角缓缓翘起，那表情似解非解，似笑非笑，似嗔非嗔，似怪非怪。晚会开始了，好一朵美丽的茉莉花的声响，盖过一切。我座位后面的一只手伸过来，硬是摁进我嘴里一只利咽片，凭味道是兰总康健药厂的产品。

# 后 记

好像小学四年级的时候，就开始陆续读了一些文学书籍，也喜欢上了文学。国外的一些名著似懂非懂地读了一些，《复活》《红与黑》《巴黎圣母院》《静静的顿河》《珍妮姑娘》《嘉莉妹妹》，等等。更多的是国内的，《红楼梦》等经典倒没能系统地读完整。对当代作家及作品还是有较多认识：鲁迅、丁玲、肖军、萧红，以后的《红旗谱》《青春之歌》《山乡巨变》《三里湾》，等等。再以后陆天明"文革"期间的《艳阳天》《金光大道》《芦荡火种》《林海雪原》《风雷》，以及刘绍棠、鲁彦周、张贤亮、冯骥才、王安忆、张抗抗。近几年喜欢读的文学书籍，王蒙的、方方的、克非的，也有莫言的、余华的、陈忠实的、阿来的、张炜的、徐贵祥的。文学评论喜欢读仲呈祥的，等等。

文学一直是烛照我前行的力量。多少年来，凡在我心里留下强烈印痕的，若干年后，常常已十分鲜活地类似今天的"小视频"或者"微电影"在梦中甚至白天也闪现。比如，化肥厂当工人是我人生中的第一职场,其历时之长,且一直摸爬滚打在反应塔和管道之间。那时有了烦恼委屈总要爬到相当于六层高的塔顶站站,黎明时,望望东方的鱼肚白,泛起浅浅的红色。此后,只要在脑海中出现日出的景象,都定格在化肥厂碳化塔顶处观日出。我以为再也美不过如此这般的徐徐翻卷而来的细腻、生动、淡抹浓妆。几十年间,数十次梦中有化肥厂领导、工友或严肃认真或调侃诙谐地让我回化肥厂一线,又交给我"F"扳手,又询问我各项出口尾气的控制。

比如,母亲在年轻时,一人承担着教书育人,又要养育自己孩子的重任。她的痛楚她的欢乐、她倔强自尊的性格,也有为得一点恩惠而逢迎的笑容,都镌刻在我的心中,时不时浮现在我眼前。年幼时,她心情愉悦时,常教我们唱的歌:嘿啦啦,嘿啦啦,天上出彩霞,地上开红花。以至于我现在珍藏的她一张四十多岁的照片,看到就觉得她的嘴动着,唱着我们童年爱听的歌谣……

比如一些民营企业过度开发资源,我亲眼看到一对小夫妻因手头拮据把一只稚嫩的小黄牛交给屠宰场央求其再培育一个阶段,但转眼间,那小黄牛被牵到一口巨大的喷淋之下(屠宰第一道工序)。绿油油的豆叶,不再为它的果实做光合作用,而是让可恶的豆虫肆意蚕食,因为豆虫的经济效益更高。孵化的鸡蛋不再看到毛茸茸的小鸡,而是突然断电,钢化蛋满足病态偏好人群的那一口。如此等等,总是以强烈的文学冲击力撕咬着我,让我难以释怀,直到有一天把它描述出来。

这些年来，我见过许多、想过许多、也读过许多，但遗憾的是诉诸文字的很少，愧对生活，愧对许多值得赞许、值得同情、值得效仿的人和事，也包括天地间所有可歌可泣的纷繁万状的生命。

创作之于我，要记述能记述的真善美太多，几乎不需虚构，只是提高些组织化、集约化的功力。我没有时间也不屑表达鸡零狗碎、蝇营狗苟，也不愿置身于时代巨变的大背景中，去编不知所云的故事。我希望回到几十年前，当产业工人的状态，面对瑰丽奇幻丰富多彩的文学宝藏，日复一日，年复一年，以工匠精神，去开采雕琢，哪怕为中国梦的庞大工程，塑上一个微不足道的闪光点，也满足了。

本书成书过程中，得到一些朋友的关注和帮助，特别是顾建平老师，李亚梓编辑，在此一并表示感谢。

2016年5月29日

于亳州市刘园路3号

## 图书在版编目（CIP）数据

那一年真冷 / 余林 著. -- 北京：作家出版社，2016. 5

ISBN 978-7-5063-8956-3

Ⅰ. ①那… Ⅱ. ①余… Ⅲ. ①中篇小说 - 小说集 - 中国 - 当代 ②短篇小说 - 小说集 - 中国 - 当代 Ⅳ. ①I247.5

中国版本图书馆CIP数据核字（2016）第127497号

---

**那一年真冷**

作　　者：余　林
责任编辑：李亚梓
装帧设计：百丰艺术
出版发行：作家出版社
社　　址：北京农展馆南里10号　　　邮　　编：100125
电话传真：86-10-65930756（出版发行部）
　　　　　86-10-65004079（总编室）
　　　　　86-10-65015116（邮购部）
**E-mail:zuojia@zuojia.net.cn**
**http://www.haozuojia.com**（作家在线）
印　　刷：北京明月印务有限责任公司
成品尺寸：142×210
字　　数：137千
印　　张：7
版　　次：2016年7月第1版
印　　次：2016年7月第1次印刷
ISBN　978-7-5063-8956-3
定　　价：36.00元